陕北味 故乡情

厚夫◎著

商務印書館国际有限公司
中国·北京

图书在版编目（CIP）数据

陕北味　故乡情 / 厚夫著 . -- 北京 : 商务印书馆国际有限公司，2021.2

ISBN 978-7-5176-0801-1

Ⅰ . ①陕… Ⅱ . ①厚… Ⅲ . ①随笔—作品集—中国—当代 Ⅳ . ① I267.1

中国版本图书馆 CIP 数据核字 (2020) 第 259501 号

陕北味　故乡情

著　　者　厚　夫
出版发行　商务印书馆国际有限公司
地　　址　北京市朝阳区吉庆里 14 号楼
　　　　　佳汇国际中心 A 座 12 层
邮　　编　100020
电　　话　010－65592876（编校部）
　　　　　010－65598498（市场营销部）
网　　址　www.cpi1993.com
印　　刷　三河市紫恒印装有限公司
开　　本　880mm × 1230mm　1/32
字　　数　112 千字
印　　张　5.25
版　　次　2021 年 2 月第 1 版第 1 次印刷
书　　号　ISBN 978-7-5176-0801-1
定　　价　30.00 元

陕北民间文化掠影

1. 安塞农民画《牛头》　薛玉琴画，宇鹏摄影

2. 延川布堆画《回娘家》　刘艳琴制作，冯山云摄影

3. 安塞腰鼓　张会文摄影

4. 黄龙猎鼓　常随喜摄影

5. 洛川皮影脸谱　杨军摄影

6. 陕北剪纸《鹰踏兔》　刘洁琼剪纸并摄影

7. 陕北剪纸《抓髻娃娃》　刘洁琼剪纸并摄影

8. 延安过年剪窗花　常随喜摄影

9. 制作“黄陵面花”　王春梅摄影

代序

穿越高原

1

穿越高原的行动是酝酿很久的梦想。

当一浪高似一浪的黄褐色群山涌过之后，我便意识到我的确开始把理想付诸行动。长途车急速地行驶，喘着气，号叫着，像是在山里犁地的犍牛。它尽管全力挣扎，仍走不出大山苍凉的额头。

极目四望，艳阳当头，山顶光秃秃的，几乎没有什么可以遮阳的树木，随风摇曳的是瘦弱的庄稼。

这是一种单调的须用意志来较量的旅行……

2

陕北，我的家乡。

陕北，我心灵的图腾。

我心中燃烧着的每一片希望都是关于陕北的。作为一个弱小的个体生命来说，从我降临人间的那一瞬起，我的头颅便刻上这块土地的印记。我注定是陕北人的后代，我的身体里注定流淌着由五谷杂粮哺育所生成的血液。

曾有几时，奶奶的歌谣里唱，天上有多少颗星星，地上就有多少个孩子。于是，在宁静的夏夜，我蹴在硷畔那只大碾盘上，默数着天上的星星，寻找着自己的位置。那一双黑骨碌碌的眼睛，望着灿烂的群星，总读不尽那无限的困惑。

曾有几时，我爬到门前的呐喊山上，远望波涛汹涌的黄土大海，鼓起喉咙，咿咿呀呀地喊“啊——呀呀”，渴望山的那头也有“啊——呀呀”的回响。

曾有几时，我想沿着家乡那条灰白土路一直走下去，到山外去看那精彩的世界……

3

站在都市浩瀚的人海中，我眼睛里跳动的却是深黄色的土地和土地上的人们。

望一望陕北，那是我的故乡。

望一望陕北，我有种莫名的乡愁。

我的心在怀念中成长——

那二牛抬杠式的农业节奏，生长成我刻骨铭心的情绪。家乡啊，你为何走不出信天游千年的忧悒？

那千百年来撼天动地、气势磅礴的安塞腰鼓，又一次击起的可是黄土地腾飞的鼓点？……

于是，我在搜寻——

那弯弯曲曲伸进大山腹地的铁轨，

那如林木般崛起吐着浓烈火焰的井架，

那燃烧着千百年来信念的黑色太阳……

每一种期待都是那么炽烈。

走过城市的大街小巷，走过城市的熙熙攘攘，打起铺盖，我回到陕北。

我懂得一个朴素至极的道理：用笔写下的叫文字，文字是可以负载故事的，关于陕北。

4

眼前晃动的总是那片美丽的桃树林，桃花织起的是绚烂的朝霞。

传说有位叫夸父的汉子，追赶远方的太阳。后来他猝然倒下，身体下长出一片桃林，每年的春天，都会燃起火一样的希望。

穿越高原是艰难的历程，走过历史，走过现实，走向未来，岁月遥远而漫长，穿越高原，我终生无憾的事业……

目录

第一辑　陕北，我热恋的故乡

第二辑　乡村记忆

第一辑

陕北，我热恋的故乡

徜徉在陕北文化的河流中①

陕北民歌

陕北人爱唱歌，尤其爱唱民歌。似乎不唱歌，就失去了生活的乐趣。祖祖辈辈以来，人们吃饭、喝酒时唱歌，休息、劳作时唱歌，行道赶脚时唱歌，疗疾医病时唱歌，结婚联姻时唱歌，卜宅祈福时唱歌，乞雨乞风时唱歌，安葬逝者时唱歌，求女求儿时唱歌……整个陕北，就是一个陕北民歌的海洋。歌声弥漫山川田野，摇撼着每个人的心灵。

陕北有句俗语："女人们忧愁哭鼻子，男人们忧愁唱曲子。"正如古人所言"男女有所怨恨，相从而歌，饥者歌其食，劳者歌其事"。在陕北，不论表现喜、怒、哀、乐哪种情感，都是有歌有曲的。陕北民歌内容丰富，题材广泛，通俗易懂，喜闻乐见，易于流传。

情歌是陕北民歌中最精华的部分。情歌的数量在陕北民歌中占有很大的比重，艺术质量已达到炉火纯青的境地。陕北人俊美，素有"米脂的婆姨，绥德的汉"的美誉。情歌中对爱情的歌唱，

---

① 阅读此文可参见文前彩插《陕北民间文化掠影》。

是以叙事体取胜的，脍炙人口的《兰花花》《三十里铺》《五哥放羊》《迎春揽工》等，叙事都有头有尾，就连爱情中曾出现的波折，也交代得很详细。

从体裁上来说，陕北民歌种类很多，有山歌、劳动歌曲、小调、秧歌、风俗歌等形式。信天游，是陕北民歌中最具代表性的一种体裁。由于“信天游”声名远播的原因，人们一提到陕北民歌，自然会想起“信天游”。“信天游”，也叫“山曲儿”“顺天游”。顾名思义，顺天而游，自然是民歌手们随心所欲、信马由缰地唱出来的。唱给大自然听，让它随风游走。信天游在创作方法上，多用比喻的手法，基本格式多是两句结构七字句，也有长短不齐的八字、九字、十字。它节奏自由，音域宽广，高亢奔放，成为陕北民歌中最为璀璨夺目的明珠。我国现代文学史上，诗人李季创作的著名长诗《王贵与李香香》就是用信天游的格式写成的；诗人贺敬之的《回延安》，也是模仿信天游的典范。

“东山上的糜子西山上的谷，黄土里笑来黄土里哭！”陕北民歌以其博大的内容、活泼的形式、自由的节奏、优美的旋律和精妙的语言，在中国艺术史乃至世界艺术史上都留下了灿烂的一章。

陕北说书

陕北说书是陕北民间的一种说唱艺术，深受陕北人民的喜爱。

陕北说书最适宜在田间地头、庭院、炕头上演出，听众多少均可。说书艺人一般为一个人，怀抱三弦或琵琶，脚绑耍板，手腕上绑有被称之为“蚂蚱蚱”的竹板，手弹三弦脚打板，既可边说边唱，也可边唱边说。

陕北说书的源头，据考证与宋元话本和流传民间的“莲花落”有关。陕北农村，把说书称作“说古朝”或“说《西游》”。在长期流传的过程中，陕北说书借用了宋元话本以及其他演义小说的故事，采用了莲花落的形式，再加上三弦或琵琶的弹奏，发展成为今天一种特有的民间艺术形式。

陕北说书书词的曲调很多。除了有艺人们特有的开场白或特定的唱词外，几乎不加任何限制，可以由说书艺人自由发挥。好的民间艺人在唱词中大量引用陕北民歌、陕北道情、陕北秧歌剧，甚至秦腔、眉户、晋剧、蒲剧等曲调，说得上是集各种唱腔于一炉，加以冶炼，然后形成一种别具一格的唱词。

陕北传统的说书艺人，基本上是盲人或半盲人，为了养家糊口，身背三弦或琵琶，手持木棍，走村串户招揽生意。他们说书的内容，大体上可分为神话故事、民间传说、历史演义、公案传奇、忠臣孝子、农民起义、男情女爱等。他们的社会身份极低，往往被人们瞧不起。

陕北说书真正获得新生，是在陕甘宁边区时期。劳动人民成为社会的主人，陕北民间艺人的社会地位空前提高，成为文艺工作者宣传和介绍的对象。如陕北说书大师韩起祥就是这个时代涌现出的佼佼者，他是“解放区民间说唱艺人的一面旗帜”。韩起祥不仅说新书，而且大胆改革说书艺术，形成了自己独特的说唱风格。

中华人民共和国成立后，陕北说书已不再是盲人借以谋生的一种手段了，它成为真正的民间艺术。现在陕北说书的形式由单人说唱走向多人对说，由坐场说书改为走场说书，由撂地摊搬上舞台，由盲人说书走向明眼人、专门的艺术工作者说书。陕北说书的乐器也不再是单一的三弦、琵琶、梆子和耍板，还可以配上二胡、笛子等民族乐器，它已经成为一种综合的说唱艺术。

陕北窑洞

窑洞是中国北方黄土高原最具代表性的民居建筑。

陕北窑洞，从质地上划分，有土窑洞、石窑洞、砖窑洞、接口窑洞等多种。这些窑洞的最大特点是就地取材。比如土窑洞是庄稼人用老镢头在向阳的山坡上一下一下地挖出来的，而石窑、砖窑是使用石头或砖块垒成的。窑洞的坐落，讲究风水和地势。坐北朝南的地方，称为阳地方，这里阳光充足，日照时长，窑洞里明亮、暖和；相反，坐南朝北的地方，称为背地方，那里阳光稀少，日照时短，窑洞里昏暗、阴冷。

陕北窑洞，基本上由两部分组成。窑洞外面有院子、窑面、脑畔和硷畔等，窑洞里面有窑掌、土炕和灶台等。一孔新建的窑洞，安上门窗，垒好灶台，盘好土炕，便可以做饭、睡觉，一家人就能居住下来了。窑洞最大的优点是冬暖夏凉、坚固耐久。寒风劲吹的冬天，地冻三尺，滴水成冰，大山怀抱中的窑洞，风吹不进，天冻不着，窑洞里格外暖和；烈日炎炎的盛夏，窑洞顶覆盖着三五尺厚厚的黄土，炽热的阳光怎么也晒不进去，窑洞里清爽宜人。

陕北窑洞均为多孔相连，排列有序，依山层叠而上，远观宛若层楼。它造型简洁，上部拱圆，下方端直，契合中国传统文化中“天圆地方”的思想。其建筑风格古朴、凝重，与周围黄土丘陵浑然一体，很能体现陕北人朴实、内敛、含蓄、深沉的性格。

窑洞门窗的做工与装饰极富审美情趣，折射出主人丰富多彩的内心世界。窗棂为镂花空格，各种造型图案繁多、疏密有致、透亮实用。人们剪贴各色窗花贴于窗纸上，花色艳丽，琳琅满目，仿佛一座民间艺术的殿堂。每逢节庆之日，陕北人在窑洞前挂上精心制作的灯笼，层层叠叠，延绵不断，犹如仙境。陕北人性格中的聪慧、机巧、浪漫，在此表现得淋漓尽致。

如今，陕北拥有目前世界上最大的窑洞建筑群，也出现了内部设施像楼房一样讲究的“复式绿色窑洞”。

窑洞，以它特有的风采，吸引着外地的游客。来陕北的游人们，不想住高楼大厦，偏偏要住一下窑洞，亲身体验一下这“天上人间”的感受！

陕北鼓艺

鼓是上苍赐予黄土地的天使。

陕北的鼓艺，是一种以鼓为主体道具的民间广场舞蹈艺术。安塞腰鼓、宜川胸鼓、洛川蹩鼓、黄龙猎鼓、志丹扇鼓，这“五鼓齐打，鼓舞催春”。

安塞腰鼓有机地结合秧歌和武术动作，气势磅礴，激越昂奋，豪迈粗犷，刚劲奔放，充分表现了陕北人民憨厚朴实、悍勇威武而又开朗乐观的性格。人们看着表演，禁不住想到那惊天动地的黄河壶口瀑布。（后文专门介绍这种艺术）

宜川胸鼓节奏明快，细腻委婉，最适宜表现女性的情致和美。它主要由年轻姑娘表演，由一人一鼓、两鼓到多鼓。服饰如古代从军的花木兰，一身戎装，更显出女性的英姿飒爽。

洛川蹩鼓彪悍粗犷，拙中藏巧，是典型的农民艺术。舞者一律武士打扮，头扎红色英雄巾，背插靠旗，腰系战袍，腿裹绷带，立眉赤面，一身豪气。鼓舞阵容森严，变换交错，威风凛凛。

黄龙猎鼓，分为出巡、兽现、围猎、庆典四个场景，所以也叫“斗兽锣鼓”。舞者手持棍棒，兽皮遮体，赤足披发，舞姿森然。场面紧张激烈，是人类初年群居山林、齐心协力、谋求生存的艺术再现。

志丹扇鼓，源于陕北巫傩艺术，表演风格凝重、拙朴、古雅、奇特，充满神圣感和祥和美。鼓者上身穿布堆画马夹，下身穿红色灯笼裤。左执鼓鞭，右持形若蒲扇的柄鼓，敲之击之，呼天唤地，手舞足蹈，煞是神气。

黄土的沉默，高原的冷峻，黄河的不羁，浓缩成一阵阵热烈而执着的鼓点，一个个奔放而洒脱的动作，一声声慷慨而激昂的音符。

闹啊，沉默的爆发，寂寞的喧腾，博大而雄浑的黄土高原，宣泄着生命勃发的激情。荒村在鼓声中焕发生机，古道在鼓声中结彩，五谷在鼓声中丰登，六畜在鼓声中兴旺，理想在鼓声中升华……

脚踏着鼓点，耳听着鼓声，目睹着鼓威，品味着鼓韵，难道你还捕捉不到这跳荡着古老民族脉搏的鼓魂吗?

陕北剪纸

陕北有这样一句民谚:“生女子，要巧的，石榴牡丹冒（随意）铰（剪）的。”在陕北，谁家女子是否聪明灵巧，总要与剪花联系在一起。几千年自给自足的小农经济，使得剪花、绣花成为这块土地上妇女们的必修课程。再加之剪纸经济简便、美观实用，使这种艺术有着极强的生命力。在这种特定的历史、地理环境下，陕北造就了一代又一代剪纸艺术家。

陕北剪纸最早始于什么年代，这个已经无从考证。那幅一手举鸡（男）、一手举兔（女）的《抓髻娃娃》，喻示了结婚孕子的生命内涵。有意思的是，抓髻娃娃的造型与故宫博物院收藏的商代青玉女佩、河南殷墟出土的商代双面裸体玉人有相似之处，这引起了专家们的普遍关注。《抓髻娃娃》也可以说是生殖崇拜的象征，是生命的呐喊，是中国阴阳五行学说在民间的延续……

春节是陕北妇女们展示艺术才华的最佳时间，每逢新春佳节，陕北人家家户户贴窗花。家家好似剪纸展览馆，村村就是艺术的世界。这些剪纸，种类繁多，内容丰富，有窗花、炕围花、窑洞顶花、家什装饰剪贴花、服装佩饰替样花等，以粗犷有力的刀法表现了农家的男耕女织、家禽饲养、丰收硕果、集市贸易、婚嫁迎娶等民俗活动，形式和内容浑然一体，达到完美的统一。

陕北农村结婚布置洞房，剪纸必不可少，讲究也最大。寓意最深、最有趣的是窗棂之间的“喜花”，如《蛇盘兔》。“蛇盘兔，必定富”，这是老幼皆知的民谣，蛇为男性，兔为女性，实际上是男女婚配的意思。《鹰踏兔》（鹰为阳）、《狗撵兔》（天狗为阳），都表现了阴阳结合、生命繁衍的寓意；还有《石榴坐牡丹》《鱼儿戏莲花》《娃娃坐莲花》等剪纸作品，都是祝愿新婚夫妇相亲相爱、生儿育女。

陕北妇女都拥有一双巧手，她们剪纸大多不打草稿，胸有成竹，随着自己的感受和想象信手剪来。这种“随心走”的表现方式，是一种写意性和随意性很强的表现方法。这种既有一定生活依据和间接经验，又不受自然约束的浪漫主义创作方法，使得剪纸艺术表现进入理想化的境界。

具有深厚乡土气息和民族特色的陕北剪纸，是我国珍贵的民间美术资料。随着我国的改革开放，这种源于手工的民间艺术作品被挖掘、整理、出版；陕北的剪纸艺人们也先后出访法国、德国、奥地利、美国、日本等国，把这种带着清新浓郁的泥土芳香的神奇艺术介绍到了世界各地。

陕北面花

面花艺术，是陕北南部黄陵、洛川一带以小麦面为材料的手工雕塑，也是陕北人因地取材的产物。这些地方捏面花的风俗是和年节喜庆、婚丧祭祀活动紧紧连在一起的。

黄陵因为有中华民族的先祖灵冢，每年除了公祭之外，还有规模盛大的民间祭祀活动。因此，这里群众捏面花的风俗尤为盛行。在巨大的圆馍上面，捏出形态生动的飞龙和猪、牛、鸡等各种祭祀动物。黄陵面花是陕北面花中最具代表性的主体作品。馍可以蒸到一米直径，或者更大，面捏的龙往往成双成对，形成“二龙戏珠”之势，像浮雕又像透雕一样呈现在那里。它同时采用了类似于插花艺术一样的手法，把各种代表福寿吉祥的飞禽走兽塑于木棍，插于其上，组合成具有立体效果的奇特图案。每种动物都用豆类安上眼目，大有“画龙点睛”之妙，显得更加生动逼真，富于生命的灵性。最后一道工序是染色，把对人体无害的食用色素涂抹于作品上面，使面花五颜六色，艺术效果格外强烈。

除了这种专门用于祭祀活动的大型面花作品外，其他大量的都是单一的造型，多为鸟兽虫鱼，故又称之为“燕燕雀雀”。这是民间最大量的面花作品，清明节时家家户户都要捏的。把面和好醒到，捏成各种各样的造型，安上大大小小的眼睛，点上红红绿绿的颜色，蒸熟晾干，用针线串起来，挂于窑内墙上，成为引人注目的一景。一个孩子一般可以分到一两串，饿了的时候，可以摘下一只来吃。

陕北妇女捏面花的技艺是相互传教的。有心灵手巧者，构思出别出心裁的造型，便成了有个性的创作。有些好的作品，那些巧媳妇们可以相互模仿。一团醒好的白面攥在手心里，三捏两揉，就成了一只小雀的身子。两只手指在上面一掐，就成了嘴、翅膀和尾巴。再用新的木梳轻轻一按，就成了一只似乎啾啾乱叫的小麻雀了。一会儿，一只老虎又捏成了，还有小猪、小羊、小猫和猴子。

陕北面花的魅力，是母爱和抚慰的力量。对于陕北农家孩子来说，面花是最生动而形象的动物世界。孩子们像收藏宝贝一样，小心地呵护着这些面塑的动物。陕北人直到成年之后，心灵里仍有一片“林中空地”，收藏着这些奇特而又充满灵性的动物，直到永远……

安塞腰鼓

陕北鼓艺中的安塞腰鼓，是流传在陕北安塞县一带的民间广场艺术。

安塞腰鼓的形成，与古代战争有关。自古以来，陕北高原就是连接中原农耕民族和草原游牧民族的重要通道，是边关要地。安塞腰鼓曾是古代激励边关将士冲锋杀敌、浴血奋战的号角，也是将士们征战凯旋的欢迎曲。它气势磅礴，有种置之死地而后生的激情与力量，它是生命的舞蹈与狂欢……

古代战争擂鼓鸣金的场面，永远地消失在陕北高原了。然而，这种于激情和力量中的仪式，却深深地根植于陕北这块古老的土地上。陕北的乡间，腰鼓成为一种娱乐形式，于浪漫中宣泄生命的激情，于诗意中追求永恒的精神力量。可以毫不夸张地说，安塞腰鼓是陕北人文地理、历史文化、生活劳动、风土人情、宗教信仰等的综合概括和反映，是物化了的艺术，是历史的活化石。

安塞腰鼓在形式上，集舞蹈、武术、体操、民歌、打击乐、吹奏乐等为一体，队形多变，进退有序，有张有弛，刚劲有力，似鹰拍翅，如虎长啸，潇洒不凡，令人振奋。它充分表现了陕北人夺取胜利和丰收后的喜悦心情，融进了陕北人的气质、个性、心理、精神和情感。那咚咚咚的腰鼓声凝聚着陕北人冲破落后、摆脱贫穷、甩开羁绊的心底呐喊；那演示生命亢奋与力量迸发的舞姿，是陕北人祖祖辈辈与自然搏击抗争精神的缩影；那催人向上、给人鼓舞的巨大感召力，又是陕北人世世代代追求幸福、憧憬美好明天心愿的集聚与投射。

安塞腰鼓与陕北人的生活紧紧相连，不仅深受广大群众喜爱，而且名扬中外，堪称“中国一绝”。西方艺术家称它为“东方的黄土地上最美妙的迪斯科”，我国艺术家们认为，安塞腰鼓没有渗透进任何西方东西，是最能体现中华民族自强不息、不屈不挠、勇往直前的民族精神的民间舞蹈。

安塞腰鼓是用宏大的场面、奔放的动作、铿锵的节奏、激昂的鼓点来表现诗的内容。中华人民共和国成立以来，“安塞腰鼓”这种原来纯民间的广场文化形式，从陕北农村打到城市，从黄土高原打向大江南北，从农家小院走向天安门前，从自编自演走向电影、电视屏幕，从国庆大典走向香港回归，从陕北的穷山沟走上世界领奖台。安塞腰鼓以它独特而精湛的艺术打遍全国，冲出亚洲，走向世界。

今天，安塞腰鼓所释放出的能量，不仅仅是陕北这块古老黄土地的地域文化信息，更重要的是，它已经成为中华民族坚毅不屈、意气风发、蓬勃向上、积极进取的精神象征。

安塞农民画

被国家文化部授予的中国现代“民间绘画之乡”“剪纸之乡”“腰鼓之乡”“民歌之乡”的陕北安塞，是一个博大精深的民间文化的海洋。在历史上，这里曾出现过灿烂的秦汉文化高潮。由于长期处于封闭状态，这里很少受外来文化影响，较完整地保留和承传了民族传统的文化艺术特点。

安塞农民画起源于民间的炕围画、锅台画、墙围画、鸡蛋壳镶嵌画等形式，几千年的男耕女织时代，妇女们创造了自己的民俗文化。这些文化又成了衡量妇女们聪明与否的标准，代代相传，延绵不断，形成了完整的造型体系。

“胡画画，鬼怕怕”，这是安塞妇女们在画画时常说的一句话。她们认为画什么东西不能画得太像了，要随意画，只要好看就行。瞧，这些妇女们在纸上随意“胡画”：画鸡，把翅膀画成了云勾，鸡尾画成了飘动的彩带；画猴，身上装饰了抽象的花瓣纹饰；画西瓜，把西瓜籽画了出来；在日常生活的画面里增添了几只可爱的小猴，几只艾虎。

再如那幅全国农民书画大赛中获一等奖的《牛头》，是以局部特写的方法只表现了三个牛头，打破了民间绘画中“全影式”的构图方法，主色彩用黑、红、黄三色穿插，加上有趣的纹饰，采用线面结合的处理手法，使画面产生了深沉宏大的神秘感觉，给人以艺术震撼力。

在构思上，安塞农民画非常大胆，以情为上，以意为主，浪漫、简练、夸张、抽象，无拘无束，有些地方甚至异想天开，思维空间非常开阔。在色彩上，安塞农民画非常强烈明快、和谐鲜活，将民间工艺、刺绣、剪纸、寺庙壁画、秧歌以及大自然中各种各样多姿多彩的颜色大胆吸引进来，有的灿若朝霞，有的艳如荷花，有的碧似秋水，有的雅似菊花。

安塞农民画深深根植于黄色沃土中，又掺杂现代绘画的艺术形态，奇特的构思、大胆的夸张、欢快的意境、生动的神态，是一些专业画家连想也不敢想的。它把生活美和理想美结合起来，把爱与恨、苦与乐、真与善、美与丑，甚至是意念中的东西也大胆地表现出来，其中也包括民间故事和神话传说等。

改革开放以来，安塞农民画曾在全国各大城市展销，国内一些美术专家、美术学院师生，以及港、澳、台同胞纷纷前来考察，认为安塞农民画是国粹，是最能代表中国广大农民审美情趣的民间艺术。先后有法国、德国、新西兰、日本、比利时、加拿大等十多个国家的宾客前来观展购画，称赞安塞农民是“东方毕加索”。

洛川皮影

黄土是金，中华文明最初就是在绵延不断的黄土高原上开始了它的旅程。

陕北的洛川县，这块中国黄土堆积最深的地方之一，是皮影的故乡、社火的发祥地。洛川皮影这种灯影上的民间戏曲，深深根植于洛川高原的沃土之中，成为这块土地上百姓追求幸福与自由的心灵投影。

皮影戏，又称灯影戏，是一种民间传统的傀儡戏，也是融绘画、剪纸、雕刻、音乐、表演为一体的综合艺术。其人物、布景均系牛皮制作，借灯光将影子投在银幕上，再伴以音乐和唱腔。它的魅力，在于竿手的高超表演。“三根竹棍表尽喜怒哀乐，一双手臂调动千军万马。”它既可以表现闺秀的恬静妩媚，也可以表现武士的横刀立马、对阵厮杀，真可谓“有口无口口代口，是人非人人舞人”。

洛川皮影戏属于陕西东路戏影的一种，皮影个头不高，一般在一尺左右；选用上好的牛皮刻制，刀工精细，色彩艳丽，具有洗练的轮廓造型、夸张的纹样装饰，疏密相间，虚实有致，色彩典雅，生动传神，人物栩栩如生。过去演出时用油灯照明，又称灯碗影子，唱腔主要有碗碗腔、眉户、秦腔等。每个戏班七至十人，有“七紧八慢九消停”之说。

洛川县民俗博物馆保存的一套制作于清朝光绪十七年（1891）的《闹社火》皮影，是洛川皮影中的精品，已经经历了一个多世纪的沧桑岁月。社火，是民间节庆和迎神赛会中的大型广场艺术活动。它的流传，与赛社庙会互为依赖。陕北风俗，社火一般以某所庙宇寺观为中心，由周围村社联合主办，多在正月或庙会期间举行。它往往联络好几个村社同时演出，暗中进行比赛，具有强烈的竞赛性，民间称为“打社火”。这套《闹社火》的皮影戏，叙述的也是东社和西社两家同时比赛的情景：在约定好的日子里，两家社火相继登场。表演伊始，庞大的仪仗队、锣鼓队扛着三眼铳、开道牌粉墨登场，都想在气势上压倒对方。接着各出绝招，争奇斗巧，不断变换花样，顶芯子、背芯子、车故事、高台社火、高跷等轮番演出，令人目不暇接。它不仅拥有极高的观赏价值，而且还是研究晚清社会不可多得的民俗学资料。

还有《韩家庄》里刀光剑影，格斗厮杀，惊心动魄，活灵活现;《马技》中的马技高超、惊险玄妙。这些都是洛川皮影的精品。

1985年，中国洛川县民间业余皮影艺术团赴法国访问演出，受到法国人民的热烈欢迎。洛川皮影，这种群众喜闻乐见的民间戏曲，以土姿态征服了洋观众，也把洛川这块具有深厚文化积淀的土地一同介绍给了世界。

延川布堆画

被文化部命名的“全国现代民间美术画乡”延川县，是黄土高原上的艺术奇葩——“布堆画”画乡。

布堆画，又叫布贴画、布摞画、拨画，是陕北农村妇女废物利用的产物。它来源于陕北民间的拨花，原为枕头顶、裹肚、鞋面、垫肩、钱包等物品上的装饰物。它的创作材料为棉纺织土布，染以青、赤、黄、白、黑诸色，以民间传说、戏剧人物、民俗生活、花鸟禽兽为题材，运用纯民间的复合造型法，进行贴块、拼接、镶花、堆叠、缝合，制作出极具民族特色的图案。画面大多数夸张变形、意象生动、想象奇特，堪称一绝。

陕北高原上的人们，长期过着男耕女织的传统生活。农闲时，妇女们把各种颜色的废布条巧妙地裁剪后，拼凑粘贴在一起，做成虎头、花卉等各种图案，缀纳在儿童的衣服、鞋帽上，剪贴成“鱼戏莲”装饰在新婚男女的枕头上。这样制作的物品，既结实耐用，又美观好看。这种用布头堆积的方式，经过无数代人的流传，逐渐形成了一种保留古老文化信息的民间艺术。

现在有艺术眼光的农家妇女，用几块碎布，剪成不同的形状，粘贴在一起，便做成图案鲜艳、人物形象栩栩如生的布堆画了。这些以现代农村生活为素材创作的布堆画作品，构思大胆，形象夸张，色彩鲜艳，充分表现了农村妇女朴素的世界观和特有的审美情趣，具有很深的文化内涵和极高的艺术价值，是居室内很有欣赏价值的装饰画，也是难得的民间艺术收藏品。

布堆画走出黄土地，与那些拥有现代审美眼光的民间艺术家有关。当地的一些民间艺术家，利用现代艺术观念来观照陕北黄土文化，并在民间的拨画上找到了艺术表现的契合点，大胆夸张与变形创作的布堆画具有了穿越时空的魅力，表现出了对于黄土地深层的哲学理解。

这些年，延川的布堆画先后多次在国内展出，均获得好评。专家称延川布堆画是“古朴的艺术，现代的手法”“有画家毕加索的艺术风格”。

延川布堆画这朵民间艺术的奇葩，扎根于深厚的黄土地中，吮吸着黄河母亲的乳汁，她会更加鲜艳夺目！

路遥：用心写人民

2013年，我国第三次出版《路遥全集》。

作为该版《路遥全集》的特邀编辑，我情不自禁地沿着那条熟悉的山径，又一次来到延安大学校园后山路遥墓园。

在平凡的世界里匆匆走完四十二年人生后，路遥与他深爱的故土融为一体。山丹丹花开得正艳，仿佛在诉说着对他的思念。

农民的儿子

1949年12月2日，路遥出生在陕北清涧县一个叫王家堡的小山村。路遥是父母的长子，属牛，乳名叫“卫”。谁也没有想到，这个在陕北像洋芋蛋蛋一样极其普通的生命，后来竟成为一位著名作家。

1957年，父母因家境异常贫困，无法供卫上学，把他过继到延川县的伯父那里。苦难让卫过早懂事，并拥有超乎寻常的自控力。就这样，卫由清涧走到延川，成为小学生“王卫国”。伯父也是个农民，只能勉强供他上完高小。但是，王卫国在全县一千多名考生中，以第二名的成绩考上延川县的最高学府——延川中学。

整个初中三年，是王卫国人生最困苦、最难熬的一段经历，他基本是靠同学们的勉强接济，才读完中学的。

饥饿和苦难，不但没有打倒正拔节成长的王卫国，反而激发了他的人生志向。他经常出入于县城书店和文化馆阅览室，在饥不择食的阅读中，获得了精神的愉悦。有一天，他在《参考消息》上看到苏联宇航员尤里·加加林乘坐“东方一号”宇宙飞船在太空遨游的消息后，竟兴奋得彻夜难眠，遥望夜空中如织的繁星，寻找着加加林乘坐的飞船轨道。他后来在创作中篇小说《人生》时，给主人公起名的第一感觉就是“高加林”三个字！

童年与少年时代苦难的人生经历，成为路遥一生都难以排遣的生命记忆。后来，他借用《在困难的日子里》主人公马建强的心理活动，说出自己对苦难的理解：“正是这贫穷的土地和土地上贫穷的父老乡亲们，已经教给了我负重的耐力和殉难的品格——因而我又觉得自己在精神上是富有的……”

用文学表达苍生情怀

1970 年，王卫国开始狂热地喜爱上诗歌创作。他第一首以“路遥”笔名发表的诗作是《车过南京桥》。从此，王卫国成为文学青年路遥。

“无论沿着哪一条‘皱纹’走进去，你都能碰见村落和人烟……”新时期之初，就在许多作家忙于创作“伤痕文学”“反思文学”之时，路遥却以深沉严峻的历史眼光，敏锐地关注着生活在黄土地皱褶里的普通劳动者的生活变迁和悲欢离合，把自己的全部感情都融汇到了普通劳动者的身上。他在“城乡交叉地带”这个属于自己独特生命体验的区位，找到了文学表达的发力点。

1981 年夏，路遥在陕北甘泉县招待所创作完成中篇小说《人生》。“每天工作十八个小时，分不清白天和夜晚，浑身如同燃起大火，五官溃烂，大小便不畅通，深更半夜在甘泉县招待所转圈圈行走……”视文学为生命的路遥，仅用二十一个昼夜就完成了十三万字的中篇小说《人生》。这部深入思考中国广大农村有志有为青年人生出路问题的中篇小说，在《收获》杂志 1982 年第 3 期发表后，引起巨大反响，以至于 1982 年被文学界称为“路遥年”。

永远与黄土地同在

《人生》等多篇中短篇小说的巨大成功，给路遥带来荣耀，但他从成功的幸福中断然抽身，进行更加艰苦的文学远征。

1983 年以后，路遥潜心创作多卷本长篇小说《平凡的世界》。路遥决定以黄土高原农村孙少安、孙少平兄弟的奋斗为线索，用现实主义的方式全景式地书写中国 1975 年至 1985 年十年间的城乡社会变化。他设定这部小说的基本框架是“三部、六卷、一百万字”，决心要把这一礼物献给“生活过的土地和岁月”。

这部长篇巨著花费了路遥六年左右的时间。其中，仅准备工作就断断续续持续了三年——他潜心阅读了一百多部长篇小说，确立自己的小说大纲；阅读了大量政治、经济、历史、宗教、文化以及农业、工业、科技、商业等方面的书籍。为了准确还原历史，他还翻阅过这十年间的《人民日报》《参考消息》《陕西日报》与《延安报》。不仅如此，路遥还多次重返陕北故乡，深入到农村、城镇与煤矿中，进行生活的“重新到位”，加深对农村、城镇变革的感性体验。

路遥动笔创作《平凡的世界》时，中国新时期文坛正刮起“现实主义创作方法过时论”的风潮。路遥却一头扎进铜川矿务局的陈家山煤矿，坚持用现实主义创作手法书写普通劳动者的命运。《平凡的世界》第一部发表后，评论界几乎是全盘否定。路遥并没有被打懵，而是以极大的艺术自信心向着既定的目标前行，相继完成了第二部、第三部的创作。

就在路遥逆风而行、创作完成第二部的时候，他健壮如牛的身体出了问题，“身体状况不是一般地失去了弹性，而是弹簧整个地被扯断”，“身体软弱得像一摊泥。最痛苦的是每吸进一口气都特别艰难，要动员身体全部残存的力量。在任何地方，只要坐一下，就睡着了……”他甚至想到过放弃、想到过死亡，结果是他隐瞒了自己的病情，在简单的保守治疗后又开始创作第三部。整整六年，路遥燃烧着自己的生命，以惊人的毅力为世人奉献了书写人民的煌煌巨著《平凡的世界》。在这部小说中，他既展示小人物不甘于屈从命运的不懈奋斗，更传达出一种温暖的情怀，给读者提供向上与向善的正能量。

1988 年 5 月 25 日，路遥终于在陕北甘泉县为《平凡的世界》画上了最后一个句号。他从书桌前站起来所做的第一件事情，就是把手中的圆珠笔从窗户里扔了出去，此刻的路遥已经泪流满面。他再一次想到自己的父亲，想到父亲和庄稼人的劳动……

从 1988 年春天开始，这部小说就在中央人民广播电台的“长篇连续广播”节目中播出，一连播了一百五十二天。《平凡的世界》乘着广播的翅膀飞到千百万读者的耳畔与心头，并产生了强烈共鸣。可以说，是亿万读者把路遥推到第三届茅盾文学奖的领奖台上。

1992 年 11 月 17 日，路遥因积劳成疾，在四十二岁时英年早逝。路遥离世时，离他生命的第四十三个年头仅差十六天！

路遥虽然永远地离开了他所热爱的土地与人民，但他的生命却以作品的形式得到延续。他的作品一直在读者中拥有热度，并引发长久不衰的“路遥热”。

史铁生的“清平湾”

“文化大革命”期间，先后有两万八千名北京知青来当时的延安地区插队，其中来我的家乡延川县插队的北京知青有两千多人。这两千多名北京知青中绝大部分都非常优秀，在各自的工作岗位上做出了突出的贡献。仅我所知，习近平总书记，著名作家史铁生、陶正，曾任浙江大学校长的杨卫院士，美国某文图公司总裁孙立哲先生，中国人民大学教授吴美华女士，著名画家邢仪女士等，都是当年在延川县插过队的北京知青。当年，我的家乡禹居公社梁家沟生产队，这个全村人口仅有百余人的芝麻粒大小的小山村，呼啦一下子就来了十九位北京知青，他们对这个小山村的文化影响可想而知。他们其中的一些名字我至今仍能清晰地记得，录志宏、赵红梅、李万英、任颖光……1998 年 1 月 16 日，我在《北京青年报》上发表了一篇《听“洋话”的日子》，深情地回忆那些仿佛星星一样自天而降的北京知青们，以及他们对陕北的影响。一位曾在延安插过队的知青看到后，还专门给我打过一个电话表示感谢。是的，我们这批六十年代出生的、从小跟在北京知青屁股后面学“洋话”的中年人，怎能忘记北京知识青年当年对我们的影响呢！

我青年时期能坚定地走上文学道路，与家乡延川县的文化氛围有关系。陕北是一个“化外之地”，在这个“民朴少文”的陕北，延川县确实是个“异数”，自古以来一直重视文化建设。陕北俗语云：“文出两川（延川、宜川），武看三边（定边、安边、靖边）。”“文”指文人，“武”指武将，它从一个侧面说明延川文人在古人心目中的位置。史料记载，唐代大和元年（827年）延川籍士子李郃考中朝廷的“文状元”，这也是陕北历史上唯一一位“文状元”。明清时期，延川籍的举人、进士屡见不鲜；特别是“秦西闺中不多见”的陕北才女清代女诗人李娓娓，更是古代延川文人的典型代表。当然，延川文化在陕北乃至陕西的影响力，是在当代形成的。以谷溪、路遥、陶正、史铁生、闻频、荆竹、海波等为首的延川“山花作家群”，在国内产生了重要影响。据我的初步统计，当代社会曾在延川生活、学习、工作多年后，走出延川以及延川本土培养出的中国作家协会会员有十多人，这不能不说是中国当代地域文化的一个奇迹！我曾专门撰写过《地域文化与“延川山花”文艺现象》进行过论述。

陶正与史铁生同是北京知青，也都是新时期以来的重要作家。陶正有长篇小说《旋转的舞台》《月光织成的网》《重叠的印象》《第三种死亡》，以及陕北题材的中短篇小说集《女子们》《天女》等行世，其短篇小说《逍遥之乐》曾获全国优秀短篇小说奖。这些年，陶正先生逐渐淡出文坛，从事他的歌舞创作去了。而史铁生自从走上文坛后一直深受广大读者喜爱，他的短篇小说《我的遥远的清平湾》《奶奶的星星》，长篇散文《我与地坛》，长篇小说《我的丁一之旅》《务虚笔记》等，均为广大读者所熟悉。许多人甚至能将《我的遥远的清平湾》《我与地坛》《合欢树》等名篇背诵下来。说史铁生是“山花作家群”的作家似乎有些勉强，因为早在延川插队时，史铁生还没有走上文学之路，他的写作是因病返城以后的事情了。但是说陶正是“山花作家群”中的作家却一点也不为过！因为陶正早在延川插队时就参与了延川文艺小报《山花》的创刊活动，也表现出了卓越的文学才能。

许多曾在延川插过队的北京知青，是我少年时期崇拜的偶像，如孙立哲、丁爱迪、陶正等。孙立哲当年是延川县关庄公社关家庄村的“赤脚医生”，他能在非常简陋的医疗环境下，在农家擀面的案板上做阑尾手术、妇女子宫大出血等手术，是延川百姓家喻户晓的“救命菩萨”；丁爱迪是扎根农村的典型，他在担任农村大队党支部书记期间，带领村里百姓没明没夜地打坝造田，改变了老百姓千百年来受穷的面貌。丁爱迪和孙立哲都被编进《延川十唱》，成为我少年时代所学习的楷模。陶正当时与高红十合作的长篇朗诵诗《理想之歌》则名噪一时，我们的语文老师上课时总要带领我们朗诵：“红日 白雪 蓝天……”

我知道史铁生则相对晚一些，已经是20世纪80年代初的事了。那时的延川“山花作家群”的成员们已经在中国文坛上大展拳脚，产生了很大的影响：从延川走出的路遥，凭着中篇小说《惊心动魄的一幕》《人生》两次得到全国“优秀中篇小说奖”，尤其是中篇小说《人生》的发表，更是产生了轰动效应，以至于当代文学界把1982年戏称为“路遥年”。陶正不仅创作出陕北题材的《女子们》《后生们》，也凭着短篇小说《逍遥之乐》获得1983年全国优秀短篇小说奖。诗人闻频以《延河》为文学平台，发起了向全国诗刊密集进攻的冲锋。当年“山花作家群”中唯一的“县中队战士”——荆竹，经过复旦大学的深造，已经来到宁夏回族自治区文联工作，成为宁夏地区重要的文艺评论人才。当年《山花》的主要发起人谷溪叔叔也已经到延安地区文联落脚，挥动他的“老镢头”，掀起了一股“老镢头诗”的旋风……而史铁生也因插队题材的短篇小说《我的遥远的清平湾》捧得1983年全国优秀短篇小说奖，被延川县广泛宣传，也自然成为我们这群正在文学门槛前徘徊的“文学青年”的学习对象。这篇小说用散文化的抒情笔调，深情地回忆了“我”当年在陕北的“插队故事”，回忆了善良的“破老汉”（其实是“白老汉”，延川方言念“白”为“破”），回忆了“我”与“破老汉”深秋放牧着的那群红犍牛、黑犍牛，回忆陕北插队生活带给“我”的温馨记忆……小说中“清平湾”的原型就是史铁生曾经插过队的“清平川”关家庄。说来有趣，1983年的中国文坛有个非常有趣的现象，获得当年“全国优秀短篇小说奖”的二十部作品的二十位作者中，竟有两位是曾在延川插过队的北京知青，而且这两位知青都是关庄公社的知青，都是清华附中的毕业生。我对《我的遥远的清平湾》非常钟爱，几乎达到会背诵的程度，因为这篇小说的抒情方式非常符合我的审美情趣。我喜欢有着浓厚的抒情味道、节奏缓慢、诗意盎然的散文化小说风格，甚至是刻意的模仿。这篇小说对于正初学写作的我启示很大：原来陕北农村平淡无奇的“日常生活”，经过作者的情思过滤，赋予了抒情的诗性。我生活的年代是英雄远逝的年代，已经没有刀光剑影，没有英雄传奇，有的是日复一日、年复一年的日常生活。这篇小说教给我如何发现生活中的美，并加以提炼与抒发。我后来发表在 1989 年《当代》杂志第 6 期上的短篇小说《土地纪事》，就深受这种风格的影响。自从这篇小说走进我的内心，我更加刻意关注史铁生的文学创作了。他后来发表在《钟山》杂志上的中篇小说《插队的故事》，我也是想方设法找来阅读，并认真地做了读书笔记。说来好笑，当时的我被文学勾引得鬼迷心窍，一门心思地扑在创作上，总想写出一篇惊人之作来。可是直到现在，我仍在原地踏步。有时，我一个人独自暗想，虽然没有什么文学成就，但“过程是最重要的”。一笑，也就自己给自己宽心了。

1984 年夏天，成名后的史铁生在几位朋友的帮助下，回了一次“清平湾”，即他当年插过队的关庄公社关家庄村。那时的我正在延川的一所中学当“孩子王”，我无缘亲眼看看他。这不能不说是我的遗憾。后来，我听说史铁生还去看黄河壶口瀑布了，由于行动不便，无法到瀑布边上。陪同他的谷溪叔叔把他背在背上，背到瀑布边上，这才满足了史铁生的心愿。当我听到这个故事后，我竟情不自禁地流泪了。1985 年，我进入北京教育学院中文系深造。那时的我已经出落成一名狂热的文学青年，总想去看看史铁生，但是又终于忍住了，怕给拖着病躯的他添麻烦。

1990 年秋，辗转在泥泞的人生道路上前行的我，已经落脚到延安大学中文系，任写作教研室的一名小助教。那年秋天，我尊敬的谷溪叔叔找到我，说他与路遥等人商量了，也与延川县里沟通了，县里要隆重纪念文艺小报《山花》创办二十周年，准备出一套“山花文丛”，分别为“小说卷”“诗歌卷”“散文卷”“戏剧卷”。他要我担任“小说卷”的责任编辑，负责编辑此卷。其实，那时距《山花》创办二十周年纪念日还有近两年的时间，谷溪叔叔未雨绸缪，提前做工作。谷溪叔叔当时能想到我，估计是我发表过几个短篇小说，进入了他的法眼。谷溪叔叔的事情就是我的事情，为家乡出力是义不容辞的事情。按照我们的编辑方案，北京的史铁生、陶正，西安的路遥、海波等人，都是小说卷的重点人物，既要编每位作家的代表性小说作品，还要收录“主要作品目录”与“个人小传”，“个人小传”最好用“报告文学”的形式表现。确定了这样的编辑方案后，我首先开始按照谷溪叔叔提供的通信地址给陶正、史铁生写信，请求他们的支持。他们的回信很快，我的信发出不到半个月，他们的回信就都来了。尤其让我意想不到的是，史铁生亲自回了一封书写认真的信件，还寄来了打印的“史铁生小传”与“史铁生主要作品目录”。陶正也寄来了复印的“陶正作品概录”与自己的一张近照。我当时即把史铁生对谷溪、路遥的问好分别转达给他们了。我正要大干一场的时候，又是谷溪叔叔让我踩了刹车。好像由于县里一些说不清楚的原因，资金迟迟不能到位，这件事情也就不了了之了。由于事情没有做成，我一直想再给陶正和史铁生写封信解释一下，但勇气不足，只好放弃。过了很长的时间，我第一次见到陶正老师，给他说起此事，他说谷溪早给他们说过了。我想，谷溪叔叔既然给陶正解释了，肯定也会给史铁生解释的，我这才把心中高悬的一块石头放下。

编“山花文丛”的工作虽然没有办成，但我却精心收藏着陶正、史铁生当年的来信。现把史铁生的来信公布如下：

梁向阳同志：

您好！来信收到。首先祝贺《山花》创办二十周年，祝贺二十年来延川的文艺事业所取得的成就。

遵嘱寄上我的“主要作品目录”和一篇“小传”。我一时写不出“关于我的报告文学”，想想我已走过的四十年，千头万绪、纷纷纭纭，很可能是文字所无法记述（注：原信中“记述”一词下面加点）的。有别人写过我，但或仅着重我的作品，或只写了我生活中的一个小点，或夹杂了作者的感觉和猜想，离“真确”二字甚远，恐怕都不合你们的要求。所以我想，也不必求一律，别人可以有“报告文学”，我就以此“小传”代替吧。

一定代我问候谷溪、路遥。《山花》上见到谷溪的近照和“答记者问”，倍感亲切，他与几年前一样，没变样，读到他“壮得像一头牛”，甚感欣慰。

问延川和《山花》的所有朋友们好！

史铁生

九〇年十二月一日

史铁生信中所提到的《山花》，是我给他寄去的。那时，《山花》的主编是我的朋友、现供职中央电视台的曹建标先生，他已经把《山花》由原来的十六开小报折腾成一张《参考消息》一般大小的文学报纸了，上面还刊载谷溪叔叔的“答记者问”。其实，《山花》的记者就是曹建标。延川人敢作敢为的性格在他身上体现得淋漓尽致，那时的《山花》办得风风火火的，一点也不比一般的省级文艺报纸逊色。史铁生让我“一定”代为问好的路遥老师，也竟在 1992 年 11 月 17 日晨溘然离世了。路遥病逝后，史铁生还曾写过一篇《悼路遥》的纪念文章。文章这样写道：

我当年插队的地方，延川，是路遥的故乡。

我下乡，他回乡，都是知识青年。那时我在村里喂牛，难得到处去走，无缘见到他。我的一些同学见过他，惊讶且叹服地说那可真正是个才子，说他的诗、文都作得好，说他而且年轻，有思想有抱负，说他未来不可限量。后来我在《山花》上见他的作品，暗自赞叹，那时我既未做文学梦，也未及去想未来，浑浑噩噩，但我从小喜欢诗、文，便十分地羡慕他，十分地羡慕很可能就接近着嫉妒。

而史铁生当年亲笔撰写的“史铁生小传”，文笔诙谐、幽默，是我看到过的最为睿智的名人“小传”之一。“小传”这样写道：

史铁生小传

1951 年 1 月生于北京。1958 年至 1964 年在北京市东城区王大人胡同小学读书。后考入北京清华附中。初中二年未尽，“文化革命”开始，从此便与上学无缘；在校参加“文化革命”，热情有余偏出身不足，故心存向往却终无作为，属“逍遥”的一派。逍遥之间读了些书，读了“鲜花”也读了“毒草”，自然也有小疾而不辞，自愿去革命圣地延安插队落户，究其缘由：三分虔诚，七分好奇。插队期间努力劳动，种了一年地，喂了两年牛，衣既不丰食且不足，与农民过一样的日子，这才看见一个全面的中国。不料小疾衍成大患，插队三年双腿忽然瘫痪，遂转回北京。回京后住医院治疗，历时一年半，前半年还想站起跑，后一年却想不如干脆躺下去死；然而医生、护士煞费苦心百般拯救，各路朋友不离不弃爱护备至，自忖不当以死作答。1973 年 5 月出院回家。1974 年到 1981 年在一家街道小厂做工，既可挣到饭钱，又可得些快乐。做工之余自学了一年外国语，没有做翻译的机会，浅尝辄止。便改行去画彩蛋、画仕女图，虽第一批货即被验收，但非兴趣所在，半途而废。然后想起了写小说。据说不能永远四处去深入生活的人，写小说是自取灭亡，虽心中无限忧虑，一时也顾不得了，莽莽撞撞走上了写作这条路，幸好一直保持着警惕，没把它当成一件必须成功的事业来做。1979 年开始发表作品，幼稚浅陋不足为憾，所憾者母亲先此二年去世，未能博她一笑或给她一点点安慰。1981 年病情加重，不能胜任工厂的工作，遂回家休养。所幸此时有了对病残知青的政策，开始享受工伤待遇和公费医疗，温饱有靠，可以安心写作。唯疾病缠绵，精力不足且能力有限，写作十年仅发表中短篇小说及电影剧本三十余篇（部），七十余万字。其中《我的遥远的清平湾》和《奶奶的星星》分获 1983、1984 年全国优秀短篇小说奖。1982 年加入北京作家协会。1983 年加入中国作家协会。现为北京作家协会理事、合同制作家。如今已是不惑之年，然而无论生活还是写作，迷茫惶惑之点并不减少，唯有一点日渐明朗：再改行已经来不及，还得在写作这条路上走下去，终于能走到哪儿并不重要；如果生命是一条河，职业就是一条船，为了在生命之河上漂泊，总是得有一条船。船不是目的，河也不是目的，目的是诚心诚意地漂泊。

我把《他到地坛那里去了——痛悼史铁生先生》的博客文章贴出去后，一位曾在延川插过队的北京知青给我留言："感谢延川乡亲的怀念文章，'史铁生的肉体虽然已经走了，可是灵魂却仍在文字中飞翔'。延川是个有文化底蕴的地方，培育出了不少文化人，他们相互影响，相互提升，这就是所谓人杰地灵吧……"我以为这位朋友的概括非常准确。我曾在一篇文章中写道："在延川县这块干渴的土地上，人们言必路遥，谈必谷溪。某种意义上，人们对路遥、谷溪等人的敬慕，表明了一种价值取向。也就是他们成为榜样、成为旗帜，成为众多后继者走向成功的动力源泉。许多人对文学的痴恋似乎达到了走火入魔的地步，许多人对艺术的热爱达到了忘情忘我的地步。难怪有人戏言，延川县这个怪地方，别的不长，只长作家；别的不出，只出艺术家。"在延川这块贫瘠的土地上，作家、艺术家之所以像陕北的枣树一样一丛丛地往起冒，一个关键点诚如这位知青朋友所言："延川是个有文化底蕴的地方，培育了不少文化人，他们相互影响，相互提升，这就是所谓人杰地灵吧……"

是的，以我的孤陋寡闻，至少在陕西的这块土地上我还很少见过像延川文化人这样相互影响、相互提升、紧密团结的文化群体。在延川这块肥沃的文化土壤中发芽、破土、起步，这可是我们这些后来者的莫大幸运啊！可是，如今当年"山花作家群"中的路遥走了，史铁生也走了，这怎能不让人为之伤感呢？

鸣呼！斯人已去，长歌当哭。我们这些正在人生旅途上行走的“过客”们，还要继续着我们的生活，继续着我们的思考，继续着我们的写作。唯有这样，才能真正对得起延川“山花作家群”这个品牌……

与陈忠实老师交往的二三事

2016 年 4 月 29 日上午惊悉陈忠实老师病逝，万分悲痛，我不由地想起与他交往的点点滴滴来。说句实话，在陕西 20 世纪 80 年代成长起来的文学青年中，我与陈忠实老师的交往不是很密切，只有为数不多的几次，但每次的印象都非常深刻。

我早在 20 世纪 80 年代着魔于文学这尊大神后，便利用在西安求学的机会，隔三岔五地往位于西安市建国路 83 号的陕西省作家协会那里跑。那时的我，见到省作协各位老作家后兴奋地脸涨个通红，神情局促，就是不敢上前问好一声。当然，见到路遥是个例外，他是延川人，是我的“乡党”；再者，他还是我外祖父的“忘年交”呢。我心理上有种亲近感，紧绷的神经才敢稍稍放松下来。后来，好像是我的同学远村给我创造了机会，他当时是《延河》的编辑，让我与陈老师第一次说话。我想，陈老师当时对我的印象，顶多认为这是一名狂热的“业余文学青年”而已。还有一次，好像是陈老师来延安开会，散文作家史小溪先生在延安亚圣酒店设宴宴请，请我这位“小字辈”作陪。记得那天我喝了不少酒，情绪相当兴奋。我对陈老师说，您当年发表在《当代》杂志上的中篇小说《四妹子》是用文化视角创作出的优秀小说，也是您文学转型的重要作品，对我的影响非常深，但目前学界的研究不够。陈老师也非常认可我的观点。就这样，我与陈老师的接触也慢慢多了起来。

2006 年 4 月，中国作家协会“黄土地的纪念”访问团来祭奠柳青与路遥。祭奠路遥，自然要来延安大学，学校派胡俊生副校长与我专程到黄陵县宾馆迎接。记得那次来了诸多重量级的文学大腕，他们中间有中国作协原党组副书记王巨才先生，中国作协原副主席张锲先生，北京大学中文系教授严家炎先生，中国社会科学院文学研究所原副所长、著名文学评论家何西来先生，鲁迅文学院常务副院长白描先生，中国当代文学研究会副会长白烨先生等；路遥女儿那次也来延安大学，给父亲扫墓。陈忠实老师那时身为陕西省作家协会主席，是主要陪同人员。记得学校当时派了一辆最好的高级面包车接人，司机郝效民师傅是位文学爱好者，特别喜欢收藏名人签字的书籍。郝师傅提供给我的书是一本盗版《平凡的世界》，开本虽然很大，但印刷却很粗糙。本来作家们一般对盗版书很反感，根本不愿意签字，不料陈老师却第一个签，还签得很认真，开玩笑说：“把我们这几个人的名字签上，你这本书就有收藏价值了！”北京来的名人们也都一一签字。这本书仍珍藏在郝师傅那里，想必是他手头拥有的名人签字最多的一本文学盗版书了。

到了延安大学后，中华文学基金会在延安大学搞了场新雕刻的路遥头像揭幕仪式与扫墓活动，然后就是各位大家的精彩报告。记得，王巨才先生、张锲先生、严家炎先生、何西来先生、白描先生、白烨先生，以及陈忠实老师悉数登场，都分别做了精彩的文学讲座。这些讲座好像文学的“饕餮盛宴”，也好像久旱的土地上的保墒的春雨，广大师生甭提有多兴奋了。记得陈老师的那场讲座是我陪他到学生活动中心的。他开口就讲：“今天到延安大学！知道大家讥笑我说陕西话，我只会说陕西话！我到北京、上海都说陕西话！”现场的师生笑成一片，接下来是热烈的掌声。“贾平凹有句名言：‘普通人讲普通话，伟人都讲家乡话。’……我是一个只会讲家乡话的普通人……”他满口劲道的关中腔所爆出的冷幽默，一下子把现场的气氛推向高潮，现场响起长久的掌声……那场报告会，许多同学都记忆犹新。

2007 年 7 月份，我刚从北京大学做访问学者返校，学校交给我一项任务，即要在短时间内建一座“路遥文学馆”，为迎接教育部的本科教学评估做准备。要建路遥文学馆，自然要得到路遥生前工作过的单位陕西省作家协会的支持，我把电话打给陈忠实老师。记得，我说明原委后，他在电话中说：“你们延安大学急功近利，两个月就能建成个路遥纪念馆？”我说：“我给领导立了军令状，就是吹也要吹成个‘路遥纪念馆’！”他沉思片刻，说：“你要我干啥？”我说：“就要您的一幅字！”他声音坚定地说：“好！我写好你来拿！”就这样，陈忠实为路遥文学馆题写了一幅六尺整张的大字，上面写道：“路遥的灵魂在平凡的世界人们的心中闪光并永驻！”这幅字已经是延安大学路遥文学馆的重要文物了。后来有人问我这幅字花了多少钱，我说分文未给。岂止是分文未给，我当时连一支烟也没有给陈老师点过啊！

当年11月17日，是路遥逝世十五周年祭日。延安大学与陕西省作协、清涧县人民政府、延川县人民政府、吴起县人民政府合作主办了“路遥逝世十五周年纪念暨全国路遥学术研讨会”，会议规模很大，全国有一百多位学者参加，甚至日本路遥研究学者安本实教授也来参会。陈忠实老师那时刚刚从陕西省作家协会主席位置上退下来，仍然坚持参加了这次盛会。大会有一项议程，就是为“路遥文学馆”揭牌，揭牌嘉宾就是陈忠实老师与中国作协原党组副书记王巨才先生。在参观路遥文学馆的过程中，陈忠实老师对我说：“我没有想到，你们延安大学竟然建得这么快、这么好！”我说：“这是因为有像您这样强大的‘后援团’支持的结果！”他说：“这是大家的功劳，大家的功劳……”陈忠实老师在参观时看得非常仔细，不时与随行的作家申晓先生交谈、评点。他们都是路遥的好友，给路遥建文学馆也正顺应他们的心意啊！

后来，我一有新书都要毕恭毕敬地给陈忠实老师签上名，托人捎到他那里去。我知道他太忙了，不忍心打扰他。再后来，我也经常在多种会议与活动上见到他，向他问好。2015年上半年，路遥小说《平凡的世界》改编的同名电视连续剧正火，陈忠实老师接受《西安晚报》记者的专访时坦言：“路遥只用10年就攀上文学高峰，他刺激我写出了《白鹿原》”，“慢慢地，我开始对这个比我年轻好几岁的作家刮目相看。我多次对别人公开表示，我很敬佩这个青年人。当他的作品获得文学最高奖项时，我再也坐不住了，心想，这位和我朝夕相处的、活脱脱的年轻人，怎么一下子达到这样的高度！我感到了一种巨大的无形压力，我下决心要奋斗，要超越，于是才有了《白鹿原》……”陈忠实老师说的是实话，路遥在他心里一直拥有很高的位置。至此，我也明白他一直无私支持延安大学“路遥文学馆”建设的根本原因。

2015年后半年，我听说他患病了，几次动心想去看望他，又几次强按住自己的念头。心想有我这样想法的人岂止千千万万，若我们都去，那医院不成了车水马龙的市场？我唯有在心里默念着祝福他，祝愿他早日恢复健康。可是噩耗竟然在4月29日早晨传来了，陈忠实老师竟遽然离世，魂归生他养他的白鹿大塬去了。

呜呼！千秋巨笔写苍生，一代文豪垂青史。愿陈忠实老师在天堂里安息！

怀念刘茵老师

我的《路遥传》的第二责任编辑、人民文学出版社的资深编辑刘茵老师病逝已经三年多了。这几年里，与她交往的点点滴滴一直萦绕在我的脑际，令我无法忘却。

我与刘茵老师的交往纯粹是作者与编辑的交往。从理论上讲，我很早以前就“认识”刘茵老师，或者说刘茵老师很早以前就“认识”我了。那是人心向上的20世纪80年代，京城求学的我在一个秋雨绵长的星期日，创作短篇小说《土地纪事》。后来这篇深受史铁生《我的遥远的清平湾》创作风格影响下的“处女作”，发表于《当代》杂志1989年第6期，责任编辑就是刘茵老师。我在20世纪80年代是位充满激情、仰望星空的文学青年，而刘茵老师则是国内的著名编辑了，尤其是她主编的“历史在这里沉思”丛书，是文学界反思“文革”的重要书籍，在国内知识界产生重要影响。而我则是因这个短篇小说，才义无反顾地跨上了文学的战车。刘茵老师作为国内的编辑名家，阅人无数，而我却连她的面也未曾见过啊！从那时起，我就记住了一位叫刘茵的热心编辑，记住了这种至今仍然热乎乎的“滴水之恩”。

我与刘茵老师的第一次正式见面，则是2012年12月2日，也就是距1989年二十多年后的一个冬天。我受邀赴京参加“首都各界纪念路遥逝世二十周年座谈会”。这次会议地点在鲁迅文学院，由央视原主持人倪萍主持。刘茵老师也参加了此次会议，只不过她当时是以迟到的方式入场的。就在这次会上，我与刘茵老师才真正相见。记得会议开始后不久，有位气质不凡的老太太走进会场，连连抱拳致歉：“迟到了，迟到了！”工作人员把她领到与我相临的前排落座。她瞅了瞅我前面的桌牌，小声问：“你是厚夫？”我点了点头。她紧接着以不容置疑的口吻说：“我是刘茵！”这四个字刚刚落下，我的大脑中枢神经已经准确地搜索到此“刘茵”所赋予的全部含义。她就是我当年处女作的责任编辑啊！这样，突然闯来的幸福让我激动，让我眩晕，也让我语无伦次。我和二十多年前就以作品“认识”的老编辑就这样正式见面了，我们之间的情感迅速升至沸点。在这次座谈会上，刘茵展示了路遥1980年5月1日写给她的一封信的原件，那是三千字的长信，系统地阐释了创作中篇小说《惊心动魄的一幕》的思考。在这次座谈会上，我也大谈路遥的文学史意义，《文艺报》次日头版的新闻报道中引用了我的观点。会后，主办方设午宴款待了与会人员。刘茵老师在主桌，坚持把我拉在她的旁边入席。当听说我正在撰写《路遥传》时，她急切地抓住我的手说：“抓紧写，写好后第一时间交给我，我让人民文学出版社出版！”她的话斩钉截铁，掷地有声，真是令我感动。当我提出要复印她展示的路遥来信入编《路遥全集》时，她的话更是痛快：“没问题，我当年就是路遥《惊心动魄的一幕》的责任编辑，你需要什么尽管开口！”我后来也郑重履行了承诺，把“路遥致刘茵”的两封信编入担任特邀编辑的北京十月文艺出版社 2013 年版的《路遥全集》“早晨从中午开始”卷中。

2013 年 5 月的一个星期天中午，我正在老家看望父母。突然，刘茵老师打手机来，说早晨起床刷牙时偶尔翻到《美文》杂志，翻到我的《我的“延川老乡”——关于北京知青的记忆》，一直看了两个多小时，郑重其事地给《新华文摘》的选刊编辑打电话推荐了，然后才打电话给我。她说：“我直到现在牙也没刷完，看到你的文章很兴奋……你们年轻人的进步，我都看在眼里、记在心上……”这次电话至少通了半个来小时，我能听出她那头的兴奋。事实上，我这头又怎不激动呢？我的心头也热乎乎的，热泪涌出了眼眶。就文学创作而言，哪个作者不想得到社会的高度认可呢？刘茵老师果真给我带来好运气。那年，我的这篇散文不仅在《新华文摘》上全文转载，而且还入选中国作协的“少数民族文学发展工程·汉译民专项”以及多个评选平台的散文排行榜中。

2013 年 9 月，我的家乡邀请国内文学界一些知名人士采风。我自然想到已 76 岁高龄的刘茵老师，但又担心她经受不住长途奔波，没想到她在电话那头却非常爽朗地应约。到延川后，刘茵老师与一些朋友提出到路遥故居看看。当时的路遥故居还未有效保护，院落中杂草丛生。这惹得刘茵老师非常生气，在县里召集的座谈会上很是一番极不客气的批评。县里相关领导郑重道歉，当即表态闻过则改。事实上，县里的行动几乎是雷厉风行，很快成立“路遥故居管委会”，并付诸具体行动。目前，延川县郭家沟村这个路遥过继给大伯后一直生活的故居，已经得到切实有效的保护，接待了铁凝、贾平凹等著名作家以及全国各地大量的文学爱好者，在路遥精神的传播方面发挥了独特而重要的作用。

当然，刘茵老师最惦记的还是我撰写的《路遥传》，经常主动给我打电话、发短信了解进度，催促我抓紧时间完成。2014 年 2 月初，我的《路遥传》历经十年左右的资料收集与写作，终于收笔。当时正是农历甲午年正月初五，延安迎来一场罕见的早春大雪。我给刘茵老师拜年的同时，也在第一时间汇报了书稿完成的情况。我在电话里能听出她兴奋的声音。她让我发到她电子邮箱里，她要进行认真审读。后来，她不光第一时间审读，还交给人民文学出版社脚印工作室的著名编辑脚印老师与助理编辑梁康伟。他们老、中、青三代编辑共同审读这部书稿，并在很短的时间里反馈信息，肯定优点，但也提出了修改意见。这样，我在他们的指导下，又进行了一次认真修改。为文与做事一样，把简单的事情复杂化容易，而要把复杂的事情简单化则比较难。古人所言的“大道至简”，人们往往听起来容易接受，但要实施起来却困难重重。《路遥传》的初稿有三十多万字，我给它做“瘦身”的减法，砍掉了书稿中关于路遥作品评析的内容，砍掉与表现路遥主体性格无关的内容。也就是说，我要写出心中的路遥，而不是事无巨细地详叙。这样，我把修改好的书稿再次交给刘茵与脚印老师，这才引出 2015 年元月《路遥传》正式公开出版的事情。

《路遥传》进入出版程序后，刘茵老师又把心思放在路遥作品重回人民文学出版社出版的工作上。她有个基本想法，人民文学出版社的《当代》杂志是路遥走向全国文坛的重要阵地，也是路遥的“福地”，路遥的中篇小说《惊心动魄的一幕》与《在困难的日子里》均发表于《当代》杂志。2004年，人文社拿回路遥作品的版权，可在2009年五年合同期满后，因一些原因让北京十月文艺出版社夺取了。从2009年以后，路遥女儿把路遥作品的出版权授权给了北京十月文艺出版社。这样就直接导致人民文学出版社编辑出版的“茅盾文学奖获奖作家作品选”中无法出版路遥作品，这是当年不遗余力地扶持路遥的刘茵老师所无法接受的。她让我同路遥夫人与女儿联系，又自己亲自动之以情、晓之以理地做起工作来，甚至想到用“有限版权”的方式解决此事。

记得是农历乙未年（2015）春节前的两三天，我打电话给刘茵老师拜年，听到她那头的声音非常虚弱，不像往常那般铿锵有力。她解释说是感冒了，吃两天药就好了。谁竟想在正月里接到脚印老师的短信说刘茵病逝了，三月八日在八宝山开追悼会。我接到这条短信非常震惊，决定赶到北京为刘茵老师送行。追悼会那天，我早早起床，连倒两次地铁赶到八宝山殡仪馆，发现自己来早了，竟提前了两个小时。悼念厅是流水作业，还没排到刘茵老师的追悼会。上午十时，刘茵老师的追悼会才进入程序，而我却提前守候了两个多小时了。我在人民文学出版社散发的《悼词》与《刘茵同志生平》中看到刘茵生前扶持过的作家中有我的名字，也看到刘茵老师生前一直牵挂着路遥作品能再回人民文学出版社出版的事情。

我看望了尊敬的阎纲老师后，回到吊唁大厅帮助布置花圈。

追悼会结束后，我又协助收拾花圈。这样，追悼会上帮忙的人全撤后，我才离开了这个进行人生送别的典礼场所。死亡是任何人都不能逃脱的法则，刘茵老师虽然已经走了，但她永远活在我的心里。

刘茵老师走了，我这几年来梦里依稀有她忙碌的身影。我在接受《陕西日报》《北京晚报》等新闻媒体采访时，多次谈到她对我的帮助。我后来看到文学界好多朋友评价她是“中国报告文学的‘保姆’”，我以为这句话非常确切。脚印老师曾给我展示过刘茵老师生前用过的电话号码本，简直像密码本那样复杂。事实上，经她之手扶持过的中国报告文学作家中有胡平、赵瑜、李鸣生那样如雷贯耳的人物，也有像我这样的小人物。

我曾偶然看到我国当代著名文学评论家雷达先生怀念刘茵老师的文章。文章结尾引用李鸣生先生的一副挽联总结刘茵老师：“当保姆育作家呕心沥血两袖清风；做好人爱朋友良知不灭隐忍一生。”我以为，这是对刘茵老师一生最精辟的总结。前不久，雷达先生也到天国里去了，想必他们这两位老朋友在交谈时也会说起这副有意味的对联的。

刘茵老师，您安息吧！

为路遥立传是我生命的自觉

2019 年 10 月 1 日是中华人民共和国成立七十周年华诞庆典日，全国人民都沉浸在喜悦之中。我脑际突然闪现出这样一个念头：假如路遥还健在，他也该是七十岁了。他面对祖国翻天覆地的变化，会有怎样的感想呢？在国庆的游行队伍中，我仿佛看到孙少平、孙少安、田润叶、孙兰香、金秀、金波那些在《平凡的世界》中成长起来的鲜活人物。

他活在亿万读者的心中

2017 年 11 月 17 日，路遥病逝二十五周年纪念日。1989 年版电视连续剧《平凡的世界》导演潘欣欣在延安举行的“全国路遥学术研讨会”上，讲述了一个令人心酸的故事：在拍摄电视剧期间，路遥讲自己在延川城关小学上学时特别喜欢看电影。当时县城的电影院是露天电影院，他就和小伙伴们经常钻过下水道去看电影。有一次，电影院放映一部精彩的故事片，他却无法通过下水道进场了，因为他的头被放映员死死地按到墙外。那一晚，他就含着眼泪蹲在墙角听电影。也就在那天晚上，他发誓要在此生写一部电影……潘欣欣说，路遥讲着讲着声音都哽咽了。这件事让路遥播下了立志从事文学创作的那粒种子。

路遥从少年时代有了朦胧的文学冲动，到 1988 年 5 月 25 日完成长篇小说《平凡的世界》，走过了二十多年的人生道路。《平凡的世界》从准备到创作完成用了六年。写完《平凡的世界》时，路遥的实际年龄还不足三十九周岁。

这部小说最早叫《走向大世界》，一度又改为《普通人的道路》，最后定稿为《平凡的世界》。路遥设定这部小说的基本框架是“三部、六卷、一百万字”，决心把这一礼物献给“生活过的土地和岁月”。路遥是用现实主义的创作方法，以孙少安、孙少平兄弟等人的奋斗串联起我国 1975 年初到 1985 年十年间城乡社会的巨大历史性变迁，书写普通劳动者的生存、奋斗、情感乃至梦想，讲述普通人的奋斗故事。

《平凡的世界》是路遥在现实主义风格下的理想主义表达。这部作品除了呈现出现实主义作品的各种特征外，更提供了使人向上、向善的精神价值，而这种价值内核又与中华民族“自强不息、厚德载物”的精神价值高度契合。某种意义上，这就是路遥作品能够赢得亿万读者的基本逻辑。好作家靠好作品来影响读者——读者是通过对作品的阅读，找到自己人生的影子，获得神奇的心灵暗示，产生强烈的情感与思想共鸣，这样作品就自然影响到读者了。从阅读统计学的角度，这样的观点也可以得到支持。《平凡的世界》先后三次在中央人民广播电台播出，直接听众超过 3 亿人；《平凡的世界》自首发以来，也已经累计发行达 1800 万套；那些铺天盖地的盗版书，更是无法计算。正如北宋时代“凡有井水处，皆能歌柳词”一样，《平凡的世界》的影响力实在是太大了。

因为在路遥母校延安大学任教并负责管理路遥文学馆的缘故，我结识了国内外众多的路遥迷。他们的共同认识就是，路遥的《平凡的世界》建构了一座“文学灯塔”，照亮了他们前行的道路。

陕西关中农村有位叫刘鑫的小伙子，在村子里建起了一个叫“黄土乡舍”的“准乡村文化沙龙”。他坚持每天用毛笔誊写《平凡的世界》片段，用关中方言朗诵并在微信朋友圈推送，他通过这种方式与路遥的许多粉丝建立了广泛的联系。

2017 年 2 月 13 日晚，我在路遥文学馆接待了中国南方几所大学十六位本科生组成的“高地游学”访问团。他们都是在网上相约的，因为喜欢路遥，便在大正月天来到陕北游学。他们从电视连续剧《平凡的世界》“双水村”的拍摄地出发，每天步行二十公里，晚上找地方借宿，再花一个小时讨论《平凡的世界》。十多天后，他们赶到延安拜谒路遥墓，参观路遥文学馆。对此，我非常感动。因为这些 90 后甚至 00 后的大学生们，已经在路遥的作品中找到所需求的精神资源。

2018 年 9 月 30 日，曾以《曼哈顿的中国女人》蜚声华人圈的旅美华人作家周励女士，从美国纽约不远万里来到延安，为的就是给路遥墓献一束鲜花，表达长久以来的深深敬意。

凡此种种，不一而足。奋斗者的心灵相通，在当今的中国社会，只要是奋斗者，他就一定会喜欢路遥的《平凡的世界》。而奋斗又是人类永恒的主题，时代虽然会变化，故事背景虽然也会模糊，但《平凡的世界》中所传达出的精神价值却不会过时。路遥也会一直活在他的作品中，活在亿万读者的心中。

为路遥立传是我生命的自觉

2015年元月初，一个寒风凛冽的冬日下午，我专门去位于延安大学文汇山的路遥墓，给路遥送去人民文学出版社刚刚寄回的带着油墨清香的《路遥传》初版本样书。

这些年里，许多朋友会经常问到我一个问题："你为何要给路遥写传记？"我说："因为路遥的人生影响到我的人生，为他立传是我生命的自觉。"

回想与路遥交往的点点滴滴，我心中总有无限感慨。我"认识"路遥是很早以前的事情了，但是面对面的交往却是他完成《平凡的世界》之后的1989年。我追随路遥、为他立传，可以找到无数条理由：我们是延川县"一道川"的老乡，我们都是延川中学的校友，我青少年时代是位狂热的文学青年，我的外祖父与路遥是"忘年交"，我又在路遥的大学母校延安大学文学院任教……这一切均是客观外因。然而，最大的动力来自我内心的精神需求。

记得那是1986年的冬天，正在京城求学的我骑着破单车跑遍了大半个北京城，才在交道口的一家邮局买回一本刊载《平凡的世界》第一部的《花城》杂志。

记得2007年的夏秋之际，我接受学校要求最短时间内建成路遥文学馆的任务，带领团队仅用两个月时间就完成资料收集，馆舍的设计、装修乃至布展任务。

记得我当年整理路遥书信时，发现他1988年12月31日给《文学评论》杂志常务副主编蔡葵的信这样写道："六年来，我只和这部作品对话，我哭，我笑，旁若无人。当别人用西式餐具吃中国这盘菜的时候，我并不为自己仍然拿筷子吃饭而害臊……"我顿时潸然泪下，无法自已！这些年来，人们可以不折不扣地说出"中国故事""中国精神""中国风格""中国气派""中国力量"等一连串词语来，可是，在20世纪80年代后期的文化语境中，路遥就能这样坚定地表达自己的艺术主张，这需要何等的智慧与勇气啊！

写到这里，我的耳畔又回响起路遥1991年在第三届茅盾文学奖颁奖大会上宣读不足五百字"致辞"的声音："对于作家来说，他们的劳动成果不仅要接受当代眼光的评估，还要接受历史眼光的审视。"是的，这个清醒而冷静的声音已经穿越了二十多载岁月时空，它还会长久地回响。

永远的延安

我常在想，一座城市应当有自己的主色调，有自己的气质与风骨。那么，延安城的主色调又是什么呢？我以为就是红色。是的，红色富于激情而又浪漫，既是革命的色彩，也是一个时代的象征，它也理应成为延安的主色调。

延安城与其他高原山城的不同点，就在于它文化的独特性。回望二十世纪三四十年代，历史选择了延安，延安也铸就了辉煌。延安，曾以家的无私、家的温暖、家的宽厚接纳了艰难的中国革命。清凌凌的延河水，香喷喷的小米饭，哺育着中国革命茁壮成长，延安用宽厚仁慈的胸怀改变了中国现代史的轨迹。于是，延安也当之无愧地成为中共中央和中央红军长征的落脚地、抗日战争的指导地、新民主主义革命的模范试验地、毛泽东思想的诞生地、延安精神的发祥地、夺取全国胜利的出发地，成为中国共产党成就伟业的革命圣地。

延安走进了历史，历史定格了永恒。当抗战时期的进步青年发出“延安是全中国最前进的地区，是全国青年们必上的圣城麦迦”的慨叹后，当新中国建立后无数寻梦者发出“几回回梦里回延安，双手搂定宝塔山”的心声后，“巍巍宝塔山，滚滚延河水”

就定格成延安永恒的剪影。

永远的延安，是缅怀中国共产党丰功伟业的延安。延安拥有丰富的新民主主义革命文化资源，到处都是内涵深厚的革命旧址，也素有“革命博物馆城”之称。其中归入全国第一批重点文物保护单位的“延安革命旧址”就有：凤凰山麓旧址、杨家岭旧址、枣园旧址、王家坪旧址、陕甘宁边区政府旧址、边区参议会礼堂、延安宝塔、桥儿沟革命旧址、南泥湾革命旧址、清凉山新闻出版部门旧址、中共中央党校旧址、陕甘宁边区银行旧址、中共中央西北局旧址，以及瓦窑堡革命旧址、洛川会议旧址、保安革命旧址、吴旗革命旧址。除了全国重点文物保护单位外，延安还拥有大量省级、市级、县区级重点文物保护单位。这些镌刻着中国共产党辉煌历史的重要旧址，这些传达着时代精神的重要载体，用它们特殊的体温与生动的存在方式，讲述着中国共产党人在“延安时代”用小米加步枪所铸就的激情与辉煌。

永远的延安，是文化与诗意的延安。延安是国务院公布的首批二十四个历史文化名城之一；延安还被命名为全国爱国主义教育基地、革命传统教育基地、延安精神教育基地。新中国的第一座革命纪念馆——延安革命纪念馆，就是在新中国成立的礼炮响过不久的 1950 年 7 月 1 日成立的。它的主要任务就是宣传中共中央在延安创建的丰功伟业，保护、恢复、管理好延安的革命旧址。延安革命纪念馆就是中共中央在延安最为生动的教材，是中国 20 世纪一个辉煌的聚光点。而今，经过多次迁址、多次扩建的延安革命纪念馆，已经成为全国爱国主义教育示范基地“一号工程”，成为人们寻梦、铸魂的红色大课堂。

新中国成立后，人民币、共和国勋章、纪念邮票等物品上，均有中国革命圣地延安的代表性图案：1953年版的第二套人民币贰圆券的下方图案就是宝塔山；1955年中华人民共和国颁授的独立自由勋章的核心图案就是宝塔山和红五星；而国家邮政总局印制的多套“革命圣地——延安”系列邮票，发行海内外。

延安拥有丰富而深厚的革命文化资源，也使得它成为文学、美术、音乐、戏剧、舞蹈、影视等众多艺术形式所争相挖掘与表现的对象。从新中国成立后到今天，以延安的名义整合历史文化资源而形成的艺术作品已不计其数。大型音乐舞蹈史诗有《东方红》《中国革命之歌》《复兴之路》等；文学作品有《保卫延安》《回延安》等；电影有《巍巍昆仑》《张思德》《马背上的摇篮》《延安电影团》等；电视连续剧有《长征》《八路军》《延安颂》《中国命运的决战》《解放》《叶挺》《悬崖百合》《英雄无名》《苍天》等；美术作品有《转战陕北》等等。这些艺术产品在波澜壮阔的中国革命历史进程中，着力表现中国共产党及其所领导的人民军队在抗日战争与解放战争中的伟大功绩，阐发革命的历史逻辑，从而引起读者与观众的巨大共鸣。

永远的延安，是神奇多解的延安。中国共产党在延安时代的政权建设、经济建设、财政管理、干部政策、统一战线、军事、教育、新闻、文化、卫生等方面的经验，至今仍深刻地影响着中国社会。政治家透过它学习如何建立民族自信心的成功经验，历史家透过它解析中国现代史的逻辑路径，文学家透过它感受那永恒的激情与辉煌，而众多的普通人则通过它的某个细节就可能感悟到一个时代的精神风貌。难怪有人发出“与其去哈佛，不如去延安！”的感叹……

永远的延安，也是红色旅游的延安。特色文化是特色旅游的灵魂，而延安遍布着“中国红”。作为中国革命的圣地，延安一直是全国人民朝圣的殿堂、寻梦的故乡。人们来到延安，在宝塔山上、延水之滨、土窑洞里，找寻杨家岭、枣园不眠的灯火，感受一种崭新的民族精神。

这些年来，延安人很好地解决了革命旧址保护与城市发展的矛盾，有计划地新建了许多博物馆，切实把革命的记忆留存下来。如今，延安新建成的博物馆有延安新闻纪念馆、陕甘宁边区银行纪念馆、陕甘宁边区高等法院纪念馆、西北局纪念馆、北京知青博物馆等多个新纪念馆，延安还有“学习书院”这样现代化的学习平台等。游客来到延安，可去的地方更多了，可看的地方也更多了。

与此同时，延安的道路交通等硬件设施得到根本性改善：西安到延安开通动车，高铁正在建设中；西安到延安开通两条高速公路；延安南泥湾新机场在2018年年底已竣工，航班目的地增多。这一切，使得延安的交通更为便捷，外地游客旅游的成本也大大降低。

如今，时代正大踏步地追赶未来，从延安腾起的中国巨龙已经指明前行的方向。“延安往事”虽已成为岁月珍藏的记忆，但延安精神却成为我们奋进的强大动力。我们有充分的理由深信，随着中华民族伟大复兴征程的不断提速，延安作为中国共产党人精神家园的地位将更加突出，新一轮的“延安热”也将滚滚而来。

永远的延安啊，让我们再一次穿越时空的隧道，聆听那激荡在中华民族心灵深处的歌声吧：

夕阳辉耀着山头的塔影，
月色映照着河边的流萤。
春风吹遍了坦平的原野，
群山结成了坚固的围屏。
啊，延安！
你这庄严雄伟的古城，
到处传遍了抗战的歌声。
…………
啊，延安！
你这庄严雄伟的城墙，
筑成坚固的抗战的阵线，
你的名字将万古流芳，
在历史上灿烂辉煌！

群山之中

挂在大山中的简易柏油公路，时而在山间盘旋，时而落入沟谷；时而舒缓，又时而陡峭。自从在安塞县的镰刀湾小镇驶离延靖高速公路，进入白于山区的腹地后，汽车就一直在这样的道路上前行。

我此行的目的地是去一座叫“凤凰山”的地方，我要去给那里的石油工人朋友们讲一天课。凤凰山是长庆油田的一个基地。尽管是地地道道的陕北人，从小就与山打交道，但是，我还没有长时间地在这样高、这样大、这样陡的群山中穿行过。

打开车窗，健朗的山风吹来，自然也吹起了我对于外面这个陌生世界的好奇心与兴致。抬眼望去，山头上，山梁里，山坝中，沟谷间，只要有简易公路的地方，就能追踪到石油工人的身影，就能看到钻井井架与抽油机。那些红色的抽油机们在黄褐色的背景地上格外醒目，不知疲倦地工作着，已经构成了群山之间新的风景。而山褶皱间一些拥有现代化品格的大型集气站、集油站，更是让黄土地焕发出了生机。

我问朋友：“这些柏油路都是石油开发时修的？”

“是的！”朋友回答得斩钉截铁。

“怎见不到油罐车？”凭着我的日常想象，应该有很多忙碌的油罐车运送原油。

“我们全部实行了管道输送，管道输送方便、快捷！”

看来，这个沉默千年的白于山区，已经被石油打破了往日的沉寂，开始用另一种方式与现代世界对话了。我知道，延安市域的安塞县与榆林市靖边县接壤的一带，曾经是陕北著名的“苦叫”地方。这一带以安塞县的芦子关为界，在历史上最为出名的是北宋时期成为西夏与宋王朝对峙的分界线。也就是说，这山大沟深的白于山区除了珍藏着古代金戈铁马的战争信息外，再一无所有。可喜的是，20 世纪 90 年代以来，这里陆续发现了石油与天然气，这片曾经长期贫瘠的黄土地，终于也腰杆挺直、扬眉吐气了！

朋友指着远处山间海市蜃楼般现代化的建筑群说，那就是凤凰山基地了。可这近在眼前的凤凰山，却又让人可望而不可即。陕北信天游中有句形容相爱男女情感的歌词：“一个在那山上哟，一个在那沟，咱们拉不上那话话招一招手！……”如今我与凤凰山早就招过手了，可是汽车在山路上螺旋式攀爬着，又转了半个来小时，才终于来到凤凰山面前。

愈是接近凤凰山，我的心情愈是激动。等上了凤凰山，我更是惊诧于眼前的一切。

我这个在陕北山旮旯里成长起来的陕北人，就是调动所有想象的细胞，也没有想到这个石油基地竟然建在黄土山顶。石油基地大约有几十亩地大小，里面办公大楼、职工宿舍楼、招待所、职工培训中心、食堂、俱乐部、电站、维修厂房、储油罐，甚至职工们的健身场所、休闲花园等，一应俱全。而基地的外侧，既有地方上为石油开发配套修建的变电所、移动基站等，也有闻着石油开发气息尾随而来的生意人修建的房屋。修车补胎店、食堂、饭店、副食店、杂物店、理发店等等，一应俱全。

凤凰山海拔1700多米，是方圆几十平方公里内最高的一座山。此山原来没有名字，前些年长庆人开发白于山区时，相中这个地方，便硬是在这里建出了一个基地，还专门命名为“凤凰山基地”。这个基地距靖边县城60多公里，距延靖高速公路的镰刀湾入口也是60多公里，主要负责指挥、协调方圆几十平方公里作业区的工作，常住人员是500人左右。这个基地有许多好处：一来视野开阔，可以极目群山而心旷神怡；二来夏天非常凉快，是避暑的好地方；三来夏天没有蚊子的袭扰，晚上可以放心大胆地做梦。是的，凤凰山基地绝对是石油工人的大手笔与大创意，是石油工人豪情与浪漫、理性与科学的产物！看来，有了“石油工人一声吼，地球也要抖三抖”的壮志凌云，任何奇迹都有可能创造出来！

下午饭毕，我在散步时看见许多小孩在健身器材上嬉戏、玩耍。经了解才知道，这些石油工人一年中的三分之二时间都要贡献给大山，而他们的孩子在后方上学，平时与前方的父母也见不了几次面。只有等到寒暑假了，父母接到基地来，才能在高山之上享受父母的关爱。看到这些快乐玩耍的孩子，我感动之心油然而升：陕北的石油开发里也有孩子们的贡献啊！

在离开凤凰山之前，我问了一个两天来萦绕心头的问题：冬天大雪封山后，车辆不能行驶，作业的石油工人们怎样出行呢？一位石油工人说："那就熬吧！""熬吧"一语看似轻松，其实十分沉重，我体会到这里面已经包含了更多的责任心与事业心。也许这次到凤凰山做客是我人生中唯一来此地的机会，但是石油工人们却要常年厮守在这里。

石油改变着黄土地，而黄土地也塑造着石油人的精神品格。在这群山之中，我内心的感动逐渐升腾起来……

醉黄陵

提起陕北的黄陵县，人们都知道这里有个“天下第一陵”。黄帝陵是人文初祖黄帝的安寝之地，是炎黄子孙的根魂起点，自然也是海内外华人寻根问祖的祭拜之所。来黄陵的人们，无论从哪儿来，不管地位有多高，第一心愿就是拜谒黄帝陵，表达自己的身份认同。面对桥山之巅苍松翠柏制造的深沉氛围，人们的心情自然也会凝重起来，会透过那浓得化不开的墨绿色帷幕，赞叹造物主的神奇：怎在黄土高原上精心设计出这样邈远的时空环境？也会不断追问历史，认真思考“我从哪里来，我到哪里去”的深刻话题……

事实上，沉重的话题，往往缘于郑重其事的心情；郑重其事的心情，则又往往缘于一种特殊的时空环境。在思考了诸多崇高宏大的命题后，我们不妨把沉重的心情放松下来，到山水黄陵的代表性景区——黄陵国家森林公园去走一遭。

黄陵国家森林公园，是黄陵县多年来精心打造的一处以休闲、度假为基本功能的国家森林公园，在县城以西二十多公里处。许多外地人原以为黄陵的森林只是桥山这一处承载着五千年历史的古柏群，其实，黄陵县背倚南北走向的子午岭山脉，本身就处在森林的包围之中。黄陵在民国以前县名“中部县”，取“中部”之名，表明其地理位置的特殊——不仅在关中与陕北的过渡地带，更在中国版图的中间地带。这个地带，正是陕西著名的能源“黑腰带”煤炭储藏富集区，更是“三秦之肺”森林覆盖区。这样，黄陵国家森林公园的形成就具有得天独厚的区位优势。

黄陵国家森林公园以山脊为界，分为南北两个区域。其南以人文景观为主，其北则以纯粹的山水自然景致为主。进其南门，可到紫娥寺上香敬佛，释放心灵；也可攀凌空栈道，体验惊险与刺激；更可登临高处，在漫山遍野的松海中倾听大自然的回响。此地距唐高祖时始建、唐太宗时扩建的避暑离宫玉华宫，不足二十公里。相传，曾在玉华宫避暑的唐太宗之女朝阳公主，是这里的最早开发者。她当年由玉华宫探险至此，见此处鸟鸣谷幽，干脆降香沐浴，修行打坐。朝阳公主是否到此小住，已经并不重要了，关键是在今天快节奏中的人们，需要一些慢生活来调节心绪，这才是真实的需求。

而进其北门，则又是一番景致。这里沟深林密，溪流潺潺，清幽无比，相传曾是黄帝时代的“养生谷”。陕北的许多旅游景点大都缺水，而此间的溪水却非常充裕。清澈的溪水是山间的灵物，倘若无水，这里便“泯然众人矣”。玩是人生的一大乐趣，对于旅游者更是如此。游人可以掬一捧清澈的溪水，浣洗心头的尘俗；可以在茂密的松海中穿行，在天然氧吧尽情呼吸；可以高喉咙大嗓子地吼几曲，发泄心中的郁闷；也可以在山体攀岩，在林间野炊；甚至还可以入住这里的森林宾馆，在宁静的夏夜数天上的繁星，听林间的虫鸣……这里不需要戴任何“面具”，只需要放松身心，玩得开心，玩得尽兴，玩得无所拘束。在大自然中放松身心，才是最好的休息。

山水是中国文人寄寓情感的重要载体，寄情山水，就是在山水间释放心灵。北宋大文豪欧阳修曾坦言：“醉翁之意不在酒，在乎山水之间也！”就黄陵的山水而言，桥山是位洞悉世事沧桑的历史老人，因为太严肃，人们在他面前始终不敢放松紧绷的神经；而黄陵国家森林公园，却像位活泼、调皮的青春美少年，蹦蹦跳跳地引导着游人快乐玩耍，在大自然间体验沉醉与放松的快乐。

在此一“醉”醒来，如果觉得仍想在山水间访古，那好吧，向西数公里，可探秦朝时修建的战略要道秦直道；向南二十公里，可访唐朝时所建的玉华宫；向北几十公里，可参观大诗人杜甫安史之乱时逃难住过的鄜州羌村（在今陕西富县北）。

蟒头山记

好一片至纯至静的蟒头山之绿!

长时间穿行于黄褐色的陕北高原中，撞击着瞳孔的是满目的苍凉。这时，你便可能有些烦闷，有些昏昏欲睡。可是，当那泼墨似的绿色兀立在你的眼前时，你顿时会产生生命的快意。这时，你下意识地感到，不远百里寻觅的蟒头山到了。

远远望去，浮现在眼前的是漫山摇曳着的青苍翠郁。山是树的身躯，树是山的衣装。山有树木便更生动，何况这是方圆十多里的松海！尽管出发前就有无数的想象，但眼前的一切还是让我惊喜不已。这里积蕴了高原不尽的绿色，场面让人叹为观止!

说来有趣，即使造物主有意设置，事物也很难整齐划一到严苛的程度。可是这里的松树全是清一色的白皮松，你能说不怪?白皮松本来在陕北罕见，却在这世外桃源里风光自在。它那清白色的树干上，托着一身翠绿得似乎滴油的松叶，显得有几多青春朝气和潇洒。微风起时，松涛阵阵，松海里绿白相间：白者是树干，绿者是树叶。

我到过陕北不少地方，总以为这里的绿是最美的。安息着人文初祖黄帝的桥山，那满山的柏树似乎积淀了太厚、太沉的历史，简直浓得化不开；陕北黄龙山区的树木太杂，夏日里的绿意显得有些杂乱和斑驳；陕北毛乌素沙漠边缘地带的防护林，它身上铠甲的颜色也有些壮烈。而这里的绿色浓度与密度正好和谐，仿佛通体温润透亮的碧玉，没有一丝一毫的杂色。它绿得鲜活，绿得发亮，不涨不溢，恰到好处地呈现了自然之美。说实话，若不是瓦蓝的苍天和黄褐色的土地提醒，我竟有些疑心自己是在南方的某地钓起些诗情画意呢！

蟒头山的主峰是一块硕大的巨石，壁立千仞，傲视群雄，只有一条小径蜿蜒而上。蟒头的意象属于民间，兴许蟒头山的来历便是这座主峰。它形似巨蟒之头，抑或曾有天界巨蟒下凡，点化此地？不管怎样猜测，均属于有趣的联想。可以这样说，凡是有人存在的地方，总会有人的文化。

弃车步行，钻进密密的松林之中，仿佛鱼入水中，感到透心的清凉。如有兴致，尽可扯破嗓子喊，随便什么都行。只是水波不兴，溅不起一丝浪花。据说时下欧美都市里的人们，时兴起森林浴。每逢节假日，三五好友，驱车上路，到郊外的森林里游玩。那里有天然氧吧伺候，不花银子便可以呼吸新鲜空气，还可以消解疲劳，一举两得，美哉乐哉！想必，国内人们口袋鼓起来后，也会学上几招。

沿着羊肠小道攀缘，个把小时便可以登临主峰峰顶。登临主峰，有个惊奇的发现：这块巨大的蟒头上，顶着一座完整的寺庙。何朝何人建庙，又从哪里取石，这些问题既有趣，也沉重。一方面你不得不感喟古人的毅力，另一方面，你也不得不质疑人类一贯戕害自然、占为己有的做法。长期以来，人类中心主义者的观念，导致了人与自然的对立。你也不得不再次质疑，人类鸠占鹊巢，给这里增添了魅力，还是破坏了既有的宁静?

行前有人告知，当地政府已经规划此山为旅游风景区，让这个几千年来安静、祥和的山峦为地方经济出一把力。据说他们的方案一是修一条盘山公路，让游人免却行走之苦；二是在山上建许多游乐设施，让游人能够在上面待上几天，把口袋里的钱囊翻个底朝天。我不禁皱起眉头，到那时候蟒头山还是此蟒头吗？不能再往下写了!

对了，忘了告诉你，蟒头山在延安以南二百多里的地方，那里距著名的黄河大瀑布不远，翻几架大山就到了。

石宫寺记

出了长城，折入北沟，行三十余里，远远眺见一个树木葱茏的去处，这便是石宫寺了。

石宫寺里，红砖碧瓦参差错落的殿堂掩在齐石崖下。崖上，款款立一砖塔，镇着全寺。寺庙整个布局玲珑而精巧。

齐石崖下有一石屋，高约丈余，长十多米，宽三米多，中间坐释迦牟尼和他的弟子们，四周有千姿百态的小佛儿伺候。烛光荧荧，佛音袅袅，颇有些气氛。

寻了一块字迹漫漶的石碑，仔细辨认，方知这里北上不足一公里，有古安定城，系北宋时所建，为抵御西夏入侵、巩固边防之用。那时，统兵将领大都是南方人，来到这荒凉之地，兴许是为了抒发闲情逸致，便募些民工，到青山秀水处凿窟设佛，请来云游四方的峨眉、普陀和尚住持。他们横槊赋诗，下马安民，成就一时之盛。石宫寺就这样屹立了几百年，到后来遭遇战火，野草没了路径，才荒败寂寞了。

看寺里石碑镌刻的人名，多为四川涪陵人、湖南长沙人、浙江绍兴人……崇敬之情油然而生：南方人远离故土，不畏狂风黄沙，来到这荒凉之地，其义固为佛道，但毕竟使洪荒之地得以开化啊……

令石宫寺生色者，非这些有名无名之人莫属。

塞上名山数青云

在陕北，有个能源重化工城市，这就是塞上名城榆林市。榆林城的所在地榆阳区，是榆林市的政治、经济、文化中心，史称“榆林城”。

榆林位于陕北北部的万里长城线上，是农业文明与游牧文化对峙的产儿，也是明代“九镇”之一延绥镇的治所。打个形象的比喻，榆林是上帝嵌在沙漠边缘的一颗亮丽的珍珠，也是一串用精深的历史故事所串起的玛瑙项链。

榆林城的兴起，与明朝夺取蒙古族所建立的元朝政权有关。明王朝建立后，远遁荒漠的蒙古贵族野心不死，企图夺回失去的江山。狼烟突起，烽火正旺，北方传来鼙鼓之声。明成化（1465—1487）年间，延绥镇巡抚余子俊上书朝廷，把延绥镇的治所由绥德迁到榆林卫，同时扩址建城，增兵设防，进一步提高它的政治军事地位。作为延绥镇指挥中枢的榆林城，统辖着陕北高原上一千四百多里长城沿线上三十六座营堡的庞大防御体系，几乎承担了防御盘踞在河套地区“套寇”的全部任务。

随着榆林城在明朝中后期成为北方的军事重镇，这里也成为边塞文化的集中体现地。如今，榆林城的名胜古迹如镇北台、红石峡等，无不印有深刻的军事文化烙印。

榆林城还有一个特点，就是寺庙众多，香火旺盛。榆林城周围既有寿云寺、戴兴寺、洪济寺、香云寺、圆觉寺、金佛寺、香岩寺、兴隆寺、龙光寺、三圣寺等，也有我们现在要重点介绍的青云寺。

一个小小的榆林城周围，拥有数十座寺庙，这在全国城市中也实属罕见。这可以从另一个侧面解释当时戍边将士与当地百姓那种祈求和平安定的焦灼心理。

古诗云："可惜湖山天下好，十分风景属僧家。"是的，天下名山僧占多，佛寺、道观往往与风景胜地有种天然的联系。青云山寺观也是一样，它位于榆林市区东南六公里的青云山上。

青云山的地貌特征颇为神奇：它突兀峻拔，山体自然向南延伸，与相邻的小山连为一体，若一只神鳌匍匐前行。山下穿境而过的青云河则呈 S 形环抱"神鳌"，宛若乾坤八卦图案。大自然的鬼斧神工，造化了青云山的清奇峻秀。这种在塞上榆林极为罕见的神奇地貌，使其拥有了"僧占"的可能。

始建于明朝正德年间（1506—1521）的青云寺观，就端坐于这只"神鳌"的脊背上。相传，明武宗朱厚照微服巡访陕北时，在榆林城南门口被几个无赖围斗，幸被骟马川农民王勋解围。武宗皇帝因王勋救驾有功，封王勋为"救驾总兵"，并赐建府第，同时由朝廷拨款修建寺庙，以彰其德。后由于山洪等自然灾害，寺庙又两度迁址于此。明武宗是否在陕北微服私访，榆林城又是否上演了一段情节离奇的"救驾"故事，这均无法考证，但故事的编撰者借皇上的事来说明青云山寺观的来由、身份则是毫无疑问的。

明王朝灭亡后，清朝迅速建立。这个以满族人为主体的关外游牧民族，再也不用依托长城抵御北方马队的骚扰。从此，长城内外是一家，榆林作为北方军事重镇的功能有所下降，但其作为陕北政治、经济、文化中心的地位，却一直延续到民国时期。直到抗日战争爆发，延安成为与重庆遥相对应的抗战文化中心后，榆林作为陕北政治、文化中心的地位，才遭到前所未有的挑战。

史料记载，青云山寺观民国时期得到全面扩建。民国八年，也就是 1919 年，当时驻守榆林的军政要人井岳秀、姜战奎出资主导重新扩建，并邀请国民党元老于右任先生、陕西著名教育家李仪祉先生、陕西著名水利专家李业祉先生与陕西美术学院院长王军余先生共同规划设计。工程历时一十三年，花费银圆十三万之巨，至 1932 年竣工，形成了占地四十余亩、建筑面积达五万平方米，集道教、佛教与儒教于一体的大型寺观。

青云山寺观建筑坐北朝南，随山就势，以南北为轴线东西对称。东为道教建筑，西为佛教建筑。整个寺院建筑呈“東”字形，由南向北，渐次升高。殿堂厅阁有二百八十九间，大小神像一千多尊，钟鼓楼三对，木牌楼两座，戏台一座，清风楼一座，万佛塔一座。整个寺观建筑风格气势磅礴，庄严肃穆，为陕北地区最大的仿古建筑群。此寺观建筑工艺精巧绝伦，尤以泥塑、砖雕与木刻为最。

说来有趣，青云山最为奇特的地方，就是在当初的设计上，把青云寺与青云观和谐地布局在一起，其建筑相互勾连，院落相互渗透，形成相互串通的格局，这在中国的寺观建筑中实属罕见。

其东的青云观，以祖师殿为轴心，前后殿宇共分为三进，每进又分为三院，三排并列，九院相逼，寓意“三三出俗，九九成真”。道教是中国本土产生的宗教，是中国民间文化的宗教投射，反映在道观建筑中，中国民间的诸神在其中各得其所，安然相处。此观以“全神庙”而著称，凡中国民间能想到的各路神仙均无一遗漏地齐聚一地，在这里能找到对应位置，堪称全国之最。

青云观的前院内有五海龙王、三云霄娘娘等；二进院内有福、禄、财、喜、运诸神和十大名医，三义庙、东岳大帝、七十二司等。其中，这里还有全国唯一的五脏六腑殿，供奉着人体的心、肝、脾、肺、肾等十一位神灵。据说哪位香客如果觉得自己哪儿不舒服了，拜祭一下相应的神灵就可以恢复健康。这说明中国民间早已把人体的器官看作是有生命的神灵，要用虔诚之心来善待之。

青云观有座四灵殿，供奉着为真武大帝把守头天门的四大天王。其左右墙壁上分别刻有“龙”“虎”“龟”“蛇”四个砖雕的象形文字，与山门外的“福”“寿”二字遥望呼应，书法遒劲、灵动，寓意丰富。青云观的三进院内有三皇殿、日月光殿、玉皇阁等。这种全神庙的建筑布局，使诸神“集体办公”，极大地方便了祈求神灵保佑的普通民众。

西侧的青云寺，有着相对独立与规整的建筑格局。寺为三进院，最前是一座具有仿欧式建筑风格的讲经堂，其正北有一座二层佛殿，一层内供奉韦陀护法，二层内供奉千手观音菩萨，院落左右两侧供奉五百罗汉。大雄宝殿在中间院落，它是青云寺中最大的殿堂，结构宏伟，彩绘壁雕十分精致。大雄宝殿后一进院落建有藏经阁，再后面就是青云塔了。

清风楼是青云山寺观的最高建筑。青云观与青云寺虽说有相对独立的空间布局，但建筑的设计者巧妙地利用“清风楼”这一建筑有效地绾结了二者。登临此楼，青云山寺观全貌一览无余：东面的青云观结构紧凑、殿宇参差、浓荫蔽日；西面的青云寺结构疏朗、建筑规整。

驻足于清风楼，人们会发现东西建筑之间实际上回廊环绕、院院勾通，不禁会惊叹设计师的匠心独运，把属于佛、道两个神灵系统的建筑布局得如此精妙，使之和谐共生、浑然一体。在我国境内宗教名山比比皆是，佛教与道教独处者居多；即使共居于一山，二者也是错落分布、相安无事。而在塞上名山青云山，这里的佛、道俨然自家兄弟，融洽和睦。

说来也是，道教也好，佛教也罢，均寄寓着人们对当下与来世的美好祈求，满足着不同信仰人们的心理。青云山寺观群正因“独占鳌头”的典故与“平步青云”的美好寓意，自民国年间重新扩建后，一直是陕西、山西、内蒙古、宁夏四省区百姓向往的“榆溪胜地”，信众不断，香火缭绕。抗战时期，著名爱国将领马占山、邓宝珊等人驻榆期间，也经常到此拜佛诵经，祈求百姓安定。

如今的青云山寺观建筑群，是新时期改革开放后修缮恢复的。

有已故的中国佛教协会前会长赵朴初居士手书的“大雄宝殿”、中国当代十大高僧之一的清定法师手书的“青云寺”木匾。1984 年，青云寺庙群被榆林县人民政府公布为县级重点文物保护单位；1998 年，被《全国风景名胜简介》收录；1999 年，又被编入《中国旅游名胜大辞典》。2003 年，青云山寺观文物管理所成立；2008 年，它又被陕西省人民政府批准为陕西省重点文物保护单位。

这些年来，随着榆林市经济实力的进一步提升，当地政府加大了青云山寺观的保护力度。榆阳区的决策者们，决定依托青云山这一三教合一的宗教文化名山，按照“围绕寺观做文章，跳出宗教做大文章”的规划思路，决心打造“群贤齐聚的和谐福地，平步青云的心灵家园”的集游憩娱乐、休闲度假的青云山高等级旅游文化景区。

我们有理由相信，在不远的将来，经过科学规划与精心开发，青云山景区将成为青山环抱、碧水缠绕的塞上百姓释放心灵的最佳目的地。届时，人们在青云山景区里一边听晨钟暮鼓，一边修身养性，那该具有何等的诗意啊！

冬季无雪

雪是冬天的娇女儿，冬天是雪的家园。试想一下，没有了雪的冬天，那还是冬天吗？然而，现在的冬天是个让雪儿有家难归的冬天。在这个没有雪的季节里，我的心田里滋长着一种怀念。

雨是在季风的作用下来到北半球的。它似乎像报春的燕子一样，在飞翔中选择善待它的人间环境。这个适宜它们居住的环境，自然是草木茂盛之地、山青水绿之所。有了上苍赐予的时雨，就会有郁郁葱葱的万物，就会有河流与湖泊，有农民金灿灿的丰收。而土地一旦失去雨水的关爱，那旱魃就乘虚而入，河水干涸，土地龟裂，万物嗷嗷待哺。君不见电影《黄土地》中那童山秃岭之间，烈日炙烤的大地上喧腾着飞扬的尘土。在这个绝望的背景中，祈雨的人们抬着象征着龙王爷的轿子，在山间狂颠狂奔，时而顶礼膜拜，时而辱骂鞭笞，企图通过各种手段来赚取龙王爷一两滴可怜的泪水。然而，这种劳动常常是无效的，百姓只好在苦难的年馑中挣扎……这种绝望背景里的绝望之戏，恰恰就是雨水的不作为造成的。无水之地的百姓也许会突发奇想：有一天把苍天捅开个大窟窿，那大雨如瀑，该是一种怎样的情景呢？当然，成天在雨水蹂躏的环境中生存的人们，也许会想到在天上安装一个降雨开关，何时、何地要求降雨打个报告把开关一拧，那该多简单啊！

遐想是美丽的梦，雪虽然说是“死掉的雨，是雨的精魂”，但她调动起人们更多的是一种情绪，一种诗意。秋风起了，树叶变黄了、落了，大雁们也踏上南归的路了，这时的人们想到冬天也快到了家门口。男人们忙着贮存过冬的粮食，女人们整理一家人过冬的棉衣；孩子们呢，也开始修理冰车、冰鞋，翘首期盼着冬天游戏大幕的拉开……

雪儿一般是在夜深人静的时分初回娘家的。当然，事先老天爷也会做一些必要的准备工作，酝酿感情，调整状态，蓄势待发。孩子们的心里也有个期望值，知道今天晚上肯定要下雪，至于下多大的雪，心里却没谱儿。累了一天的孩子们在热炕上做那神奇的梦去了，第二天推门一看，好大的雪呀，漫山遍野银装素裹，一个白茫茫的世界呈现在眼前！孩子们既不会像岑参有“忽如一夜春风来，千树万树梨花开”的美丽遐想，也不会像韩愈做出“谁将平地万堆雪，剪刻作此连天花”的大胆设想，但孩子们的激动是发自内心的，便满心欢喜地盘算着怎样打雪仗、堆雪人、套鸽子去了……

雪应该是大自然最杰出的化妆师、最优秀的想象使者。你瞧，那六瓣形的雨的精魂们，多么晶莹剔透，多么玲珑漂亮；你再瞧，那漫天飞舞的雪花不像是一位姿态婀娜的神女吗？雪花飘落到地上，并不立即融化寻找她最后的归宿，而是用一双巧手去掩埋众多的污垢，精心打扮出一个神奇的童话王国，留给人们一个冰清玉洁、平等而和谐的世界。显然，雪儿的创造才能，对于渴望平等、渴望和谐的人们来说，的确是件喜事。现实生活里，人们兴许有着种种的不如意，那为什么就不能让雪儿为我们创造那片刻的欢愉与自由呢？

虽然说天寒地冻、冰天雪地这种意象与恶劣的自然环境相依偎，但是雪的好处似乎远比雨多，因为她是雨死而复生后的精灵。在雪的世界，富人们可以到滑雪场尽情地体验激情与浪漫；穷人们虽说没有这种福分，但也可以围着火炉尽情地想象着来年的生活。就是一位在田野里经营多年、双手布满老茧的乡村大爷，也会在大雪的飘飞中呢喃着“瑞雪兆丰年”的古老谚语。一个人即使穷到饥肠辘辘，还可以像安徒生童话《卖火柴的小女孩》中的小姑娘一样做着自己粉红色的梦。有梦总比没有梦好，梦能激发人的情绪，煽动人的欲望，使人们重新投入创造……退一步说，冰天雪地中出行不便是暂时的，可一旦有了阳光的亲吻，雪儿就会心甘情愿地敞开肌肤，把自己的生命奉献给土地，带给土地的是积蓄营养后的勃勃生机。由此看来，冬季无雪就像夏季里无雨一样，不只缺少一种独特的风景，更缺少滋育生命万物成长的源泉。

这些年来，一到冬季我就左顾右盼、左等右等，等待雪的出现。可是，雪儿就是迟迟不肯光顾黄土高原。我不知道是谁戕害了她，让她远遁他乡、销声匿迹。雪啊，你让我的怀念与日俱增。

无雪的冬季，我只能翘首以盼。

静夜听雨

夜雨宛如一首缠绵的小提琴曲，吐不尽无限情丝。一豆荧光，一个孤独的剪影立于窗前。

又是停电。夜色失去往日的华丽和堂皇，却恢复了原本就有的朴素。黑色幽灵扯来一幅巨大的帷幕，严实地笼罩住世间万物。城市的夜，该睡的都睡了，唯有夜雨的淅沥和长短鼾声交汇成特定的韵律。夜属于我！连日来，我忙于完成一部反映山区教师生活的小说，为我那群朋友们把血、把泪倾洒于黄土地的精神而落泪。白日的喧嚣，使我的思绪不能深入，可这静静的夜，这清新的细雨，剥脱着所有的浮华，使我的心灵走向深沉。

夜雨，敲击着我的灵魂！一种潮湿的呼吸，一种声音，仿佛由亘古辽远的空间袭来，我在急切地搜寻……

这可是天地间伟岸的回响？这可是苍茫宇宙中心灵的祷语？

目光穿越夜雨的深沉，我在极力捕捉那一丝一息的亲切。马路对面的悬崖栖息着诗圣杜甫的灵魂。那是杜甫在“安史之乱”中来到延安时的露宿之地，后人建祠立碑，名曰“杜公祠”。幽幽的祠堂逼视着我，一个声音和着“随风潜入夜，润物细无声”的新春细雨一同而来，非诗圣杜甫的心声莫属！

这些年，商品经济的浪潮一浪高过一浪，就连“杜公祠”脚下也出现了此起彼伏的叫卖声，历史把现实推向一个风风火火的年代。“杜公祠”冷落了许多，尘封的蛛丝网住了昔日的热闹，想必这位以现实主义风格著称于后世的伟大作家，面对现实也有一番感喟吧。

诗圣杜甫的文学成就是中国文学的一座丰碑。我欣赏他年轻时气宇轩昂、壮怀激烈，登临泰山而吟哦“会当凌绝顶，一览众山小”的气魄；我欣赏他一生“穷年忧黎元，叹息肠内热”的人生态度；我敬仰他一生忠于人民的伟大品格。他巨大的文学成就和他伟大的人格构成天地间永恒的雕像，激励着中国后世文人们为人类的进步和正义而奋斗。他一生又是不幸的，虽贫困潦倒、颠沛流离，却始终没有用如椽之笔换一身荣华富贵。他的灵魂随着历史的延伸而走向永远。读他的诗，我常为自己蜕脱不了凡胎俗骨而自责，也常以丰富的联想为我周围那一群活生生的灵魂而自豪。人活着便是奉献，像奶牛，像春蚕，像蜜蜂，像红烛，尽管形式不同，但内涵都是一致的。

这便是当年“安史之乱”期间小女儿被饿死，亡命陕北羌村，又沿着杜甫川趿趿而来，去边塞芦子关寻找官军的杜甫；这便是曾经寄身篱下，高诵“安得广厦千万间，大庇天下寒士俱欢颜”的一代诗圣……

他来了，声音那么真切，如一丝明亮的闪电划过苍茫的夜空，直落我的心头。雨丝的滴答声汇成一个瘦弱老人的教诲。灵魂深处的自我逐渐逼视着我，并展开对话。

“为什么我的眼里常含泪水？因为我对这土地爱得深沉……”这些年来，我辗转于北京、西安等地求学，心灵逐渐成长，想借三寸柔毫，抒写我所理解的黄土地和黄土地的希望。然而，我一度彷徨、迷惑，甚至不知所措，笔端发涩，那种真诚的情感也变得枯涩……

夜深沉而苍茫。浩渺无际的宇宙间，我只是一颗米粒，但整个世界正是由无数个细小的物质构成的。四野俱静，唯有夜雨伴着哲人的声音，震荡于我的脑际，那缕惶惑随着微风飘零而去。

荧光若豆，摇曳出美丽的幻想。那叠厚稿纸下面，一个新的故事又开始起步……

三月的风

陕北的正月，总是要闹红火的。

闹啊，安塞的腰鼓带着铿锵的节奏，铺天盖地而来。舞出满天的黄尘，剪影陕北人剽悍的雄姿。

黄土的沉默，高原的冷峻，黄河的不羁，浓缩成一阵阵热烈而执着的鼓点，一个个奔放而洒脱的动作，一声声慷慨而激昂的音符。

闹啊，沉默的爆发，寂寞的喧腾，博大而雄浑的黄土高原，宣泄着生命勃发的欲望……

然而到了三月，野性的风神面目狰狞，凭借漫长的冬季孕育的无限蛮力，扯起黄尘当作自己的战袍，统帅万马千军扑杀过来。天茫茫，野茫茫，鼙鼓动地，战马嘶鸣。风神苍狼似的眼睛里闪着发红的欲火，一块又一块土地被摧残了、蹂躏了。老妇般的山裸露着道道血痕的脊梁，发出苦痛的呻吟。苍天和厚土之间，浮动着风尘的魔影，万物旋转出一个闷郁的世界。

就在这时，山峁上，一座坍塌的古庙外，请几场大戏，便把沟沟岔岔里的男女老少召集而来。台上唱道情、唱秦腔，台下便有人摇晃着脑袋，跟着瞎哼哼。这些戏文大都老掉了牙，每句台词对于这些戏迷来说都十分熟悉。年轻人一般不爱听戏，他们穿着整齐的衣服，在人群里挤来挤去，挤得浑身发汗。看戏的看戏，交友的交友，做生意的做生意……

死亡谷里，生命正艰难地复活。一冬季缄口不语的小溪，顽强地抗争着冰雪的桎梏；燕子快要来了，她将衔来新绿；岸边的垂柳得到启示，萌发春天的畅想；冬神感到战栗，抽不出往日的雄鞭；那一轮太阳从黄尘中迸出，释放积郁长久的能量……

一天夜里，细雨浇灭了风神的呓语。黄风住了，庙会也散了，而山野里又响起那拦羊汉的歌声：

羊要吃草上坡畔，
受苦人吃饭靠血汗。
春种禾苗秋收谷，
咱黄土里笑来黄土里哭……

第二辑

乡村记忆

童年拾趣

逮麻雀

陕北高原，最多的鸟要数麻雀了。它们通常栖息在村子中央的老槐树上，黑压压的，遮天蔽日，整天价叽叽喳喳地唱大戏，仿佛要把村子抬起来的光景。

庄户人对燕子敬若上宾，盼它们在窑檐下搭巢，让它们生儿育女，享受天伦之乐。而麻雀是村子里不受欢迎的角色。谁家的女子嘴角麻利，大人们便说：“看这雀子嘴儿，长大了，谁敢娶？”

秋天是成熟和收获的季节。这时候，家乡的景色十分迷人，漫山遍野的庄稼们穿了七彩的嫁妆，面颊上流露着幸福的红晕。更可喜的是，瓜果梨枣全上来了，孩子们的小嘴便夜以继日地工作，再也不歇息了。就在这时，大片的谷地里，麻雀“扑棱棱”地飞去，立在穗头，糟践着刚刚成熟的青谷，把白花花的谷壳撒一地。大人们说：“去，吆喝雀子去！”于是，我们这群光腚的孩子便寻了自家的破锅盖，悄悄地钻进谷地里打伏击。等一群麻雀刚刚落脚，孩子们跳起来猛击锅盖。麻雀不知是什么新式武器，吓破了胆儿，“轰”地飞起逃窜。落到另一块谷地，又是如此遭遇。那时，村里十几个孩子，每人守一块自己的阵地。“叭、叭、叭”“啊、啊、啊”，此起彼伏，十分热闹。时间一长，麻雀们识破了孩子们的诡计，竟厚着脸皮赖住不走，还狠命地啄食，故意跟人作对。孩子们只好再想其他招数了。第二天，麻雀们飞来吃早食的时候，惊奇地发现每家每户的谷地里，都站立着戴着草帽、披着草衣的“老农”们，他们的身体在微风中摇动。在情况不明朗的形势下，麻雀们不敢贸然造次，只好饿肚子，或者飞往他处觅食了。

日子久了，不甘心失败的麻雀又发现了孩子们的破绽，还是照样飞到谷地里上班。负责警卫的雀子竟敢立到“草人”头上，大胆撒野，把白花花的屎拉了一头一身，以示报复。在炕头做美梦的孩子们又让大人拎起来：“小孽种，看雀子们耗劫成什么样子了！”孩子们拎起裤子，揉着眼睛，跑到地头一看，麻雀们铺天盖地地飞来，早“咿咿呀呀”地唱开大戏了。他们只好再坚守阵地，丝毫不敢懈怠。好在谷子很快就收割完，整齐地垛到麦场里，孩子们的一桩心事也了却了。

逮麻雀的季节该是每年的春季了。孩子们早早瞅好麻雀窝，放学了，便相邀掏雀窝。麻雀做窝一般在窑檐底下的石缝里，孩子们够不着，寻来梯子，你推我搡地往上爬。大人们说雀窝里有蛇，专等着咬人。因此，掏雀窝须是心细胆大的孩子。望好雀窝的位置，伸进手猛地一拉，拧出个结实的巢子。里面往往有刚刚孵出还没长毛、红皮肤、黄喙子、唧唧乱叫的小雀子。这时，外面打食的老雀们飞回来了，看见家园遭劫，乳儿被抢，失声痛哭，竟敢猛地俯冲下来啄人头呢！于是，孩子们商议，把雀儿再放回原处，人家妈妈想它哩。当然，要是掏出雀蛋，孩子们是决不会放过机会的，打堆火，埋进去烧熟，竟津津有味地吃了。

掏雀窝时，如果谁故意喊一声“蛇”，准吓得梯子上的孩子跌下去，不是鼻青脸肿，就是尿一裤子。起来后大骂一通，又爬上梯子。

套鸽子

家乡有句俗语：“宁吃二两瘦鸽肉，不吃二斤肥猪肉。”由于这句话的诱惑，每到冬天，孩子们便开始盼望着下大雪，好圆吃鸽肉的美梦。

陕北一带，多的是灰鸽子，它们成群结队地践害着粮食。秋天吃田地里的高粱、玉米，冬天一来只好在冰天雪地里刨食了。一下雪，大雪封山，它们没了觅食的去处，饿得“咕咕”乱叫。这时，套鸽子的机会来了。

孩子们做好套鸽工具，相邀着来到场院里，或者在向阳的山坡上，扫出一块空地来，安好套网，撒几粒玉米，便藏到树林里，屏声息气地等待鸽子的大驾光临。为觅食四处奔波的鸽子们，往往看见一块干地，不假思索地飞下来刨食。这时，藏在远处的孩子们瞪大眼睛张望着，只见空地里“扑”地腾起一群鸽子，下面肯定有一两只鸽子被套上，在地里乱扑腾了。孩子们赶紧跑去，解下套中的鸽子，再如此这般，重新等着鸽子上钩。

当然，这样折腾几次，鸽子们学精怪了。它们飞下来，留一只鸽子放哨，其他的先也不着急啄食，而是转动着小眼睛观察左右动静，以便一有风吹草动，及时逃脱。看不出什么情况后，它们便小心翼翼地接近套子，研究这里的学问。等解开这里的门道后，快速地把那些夺取朋友生命的套子啄烂，以发泄心中的愤怒。然后，便放心大胆地专拣成色好的颗子吃了。餐毕，撒尿屙屎，得意扬扬地飞走了。这时的孩子们又气又恨，或者是改进技术，把套子做得更精巧些，或者是赶紧挪个地方。

但是，一些孩子安下套子，往往白等几天，鸽子就是不上钩，自己却成了“守株待兔”之人。天放晴了，雪很快融化了，鸽子们又能唱着歌儿，到四处觅食去了。这时的孩子们，只好耷拉着脑袋，拖着泥湿的鞋子，回家等着挨大人们训骂了。

灌黄鼠

夏天里，田地里那黄鼠很是可恶。它们眨着黑豆似的眼睛，活动着灵巧的身子四处出击，一夜之间，便能把庄稼苗啮得光秃秃的。

自然，聪明的家乡人也想了对付黄鼠的办法。大人们从河湾里捡些平整的石板，砍一些木橛，支成鼠拍子，中间夹朵南瓜花，便悠悠然回家。等到第二天早晨，就能拣到死黄鼠了。

捕黄鼠最有趣的方法要数灌鼠洞了。黄鼠不比野兔有三窟，它心眼儿发死，随便在地里打个洞，有个栖居之地就满足了。黄鼠洞一般有丈把深，直钻地心。孩子们发现了新敷的泥土时，知道这里定有黄鼠，便提来桶水，往洞里灌。灌上一两桶水，洞就灌满了。孩子们趴在洞口听，只听里面有“呼啦啦”的声音，水猛地往地里钻，肯定是黄鼠往上蹿了。不一会儿，洞口便探出个不甚活泼的小脑袋，黄鼠眨眨黑骨碌碌的小眼睛。黄鼠还没明白是怎么回事，就让孩子们俘虏了。瞧黄鼠那模样，大腹便便地，嘴里吐着脏水，宛若一个战败的将军。运气好时，孩子们能在一个洞里灌出黄鼠的一家老小。

黄鼠主食粮食，身上有层很厚的油，肉质细腻，是上好的美食。孩子们逮住黄鼠，决不会放过品尝的机会。把黄鼠剖解后，洗净，烘上湿土，放到火里烧。烤得半生不熟，孩子们就抢着吃了。

后来，一想起吃黄鼠肉，涎水就自动流出来了。

听　书

大山的胳肢窝里藏了一个只有十多户人家的村子，小得连县级地图上也寻不出个黑点点来，那便是我的家乡。

小时，家乡的文化活动少得可怜。县里电影队的几部老掉牙的片子，尽管让孩子们脖颈伸得长长的，掐着指头算了又算，每年也不肯多来几回，孩子们只好把盼头放在听书上。

那些年，村里边成立“宣传队”，实际上由几个爱弹三弦、拉二胡顺口哼些小调的受苦人组成。“宣传队”的宣传内容是乡里说书，供人们消遣解闷的。书场就设在村饲养场的院子里，每过半月二十，村里人总要听一场书的。

夏日傍晚，羊儿“咩咩”、牛儿“哞哞”地归圈，人们荷锄归来。有人站在村子老槐树下喊：“看宣传来！”人们便知今晚能听书了，于是早早地吃过夜饭，匆匆赶到饲养场来。当然，最先赶到的是孩子们，早早拎个小凳子占好地盘，便开始嬉戏玩耍了。一会儿，村里几乎所有的人——我的爷爷、奶奶辈们，伯叔、婶婶辈们，孩子们挤了一院子，而且极有长幼次序地坐好，抽旱烟，拉家常，话桑麻，纳鞋底，各司其事。

队长——我的二叔把两盏拨亮了捻子的马灯挂在牲口棚子上，

“宣传队”的人物就出场了，共四人，一个主唱，一个拉二胡，一个敲锣，一个打鼓。主唱是村里喂牲口的瞎子老伯王福，手弹三弦，腿挂连板。他该是地道的“科班”出身，小时候跟着盲人书队学过艺，练就口好嗓音，弹、捻、唱、说样样精通。

王福老伯问场子里：“今晚说什么？”“说《铡美案》。”“说《薛仁贵征西》。”“《秦琼盗马》《穆桂英挂帅》。”……场子里呜哇乱喊，这些书段都是瞎子伯的拿手戏。

“就说《铡美案》吧！”他弹起三弦，场子就静了。他弹起三弦定起个音：“我叫诸位听分明……”他白眼仁儿一骨碌就唱起了。嗓子很好听，字音圆润，时而娓娓叙来，时而低声如泣，时而高亢兴奋，粗喉大嗓，或高或低，或粗或细，或急或缓……场子里的全听痴了。

这时，我们这群孩子便悄悄溜到瞎子伯脚下，在幽幽跳动不定的灯光下，痴痴地看他晃动打枷板的腿，看那唱到兴处时一翻一滚的白眼仁儿……

散场时，孩子们一个个东倒西歪，还躺在场子干草上说梦话呢。当大人们拉起时，他们揉一揉眼睛便问什么时候再有。逗得王福老伯直骂，引得一场子人好笑。繁星点点，草虫唧唧。大人们拎着孩子，兴奋地拉着话，或议论王福老汉的记性，或骂陈世美的没良心，或颂王宝钏的守贞，明确好人、坏人的标准。而孩子们又开始算计下一次听书的时间了。

书场里丢孩子的事是常有的。有些孩子瞌睡了，又懒得回家，悄悄在麦秸垛下打个洞，钻进去睡了，害得大妈们寻不着。等第二天早上，自个儿扑扑身上的麦秸，跑回家了。

外面世乱，可苟且于大山深处的家乡人竟安然自得地生活。

后来，我到外地念书了。念书，工作，一直未得回趟老家，我再也听不到家乡那熟稔的说书了。

今年出差踏上故乡的土地，我住在小镇的旅社里。店家告诉，晚上街里有艺人说书，你可以听听。傍晚去时，远远望见广场上灯火通明，人头攒动。一阵丝弦声悠悠飘来，好一番气派呀！待走近，说书已经开始，几个年轻人有板有腔地说唱，配着动作，高潮不时迭起。满场子男女老幼全被这番精彩滑稽的表演所吸引，嘴里呢喃“错了、错了”，两眼还直直地盯住台子。我忙问是什么段子，答曰《说唐》中一段，并且给我讲起故事来。

再绕场子一周，我发现场子不远处货摊里正放电视，彩色的，歌舞晚会，铺前只稀稀落落立几个人。

转回场子，我想起小时听书的事来，想起王福老伯白眼仁儿一翻一翻的情景。心想，此时家乡人是坐在家里看电视，还是跑到饲养场听瞎子伯说书呢？……

说书人的戏文我一句都没听进去，不过最后痴痴离开场子的还是我。走出场子时，小镇已进入梦乡中了。

最是书香能致远

2014年以来，我国的《政府工作报告》专门写到“倡导全民阅读”。国家在战略层面上开始推动全民阅读，这是多么令人振奋的信息啊！事实上，一个国家的精神境界与国民阅读水平真是分不开，阅读应当成为我国国民的一种生活方式。

说到阅读，我的思绪一下子又闪回到了那遥远的少年时代。我人生的展开与飞翔，均与少年时代最初的阅读分不开。

我的老家是陕北高原延川县的一个小山村，距习总书记插队的梁家河村就十来里路的样子。我小时候，家乡这个芝麻粒大的小山村呼啦一下子来了十几个北京知青。他们有男有女，操着洋腔，住在村上的公窑中，成为村里的“受苦人”了。

知青们的到来，仿佛外星人自天而降，给我们这个贫穷而宁静的小山村增添了一道风景。对于我们这些尚在懵懂之中的孩子来说，他们无疑成了欢乐的源泉。我们这群小伙伴在帮大人照看孩子、打猪草之余，也经常悄悄溜进他们的院子，转动着黑碌碌的眼睛怯怯地看新鲜，然后又欣喜若狂地把信息反馈给在土疙瘩里刨食的父母们。

我1971年上禹居小学，那时学校里有好几位北京知青当老师呢！我上小学的第一课是《毛主席万岁！》，我们问知青老师：“毛主席是不是住在天安门上？到北京能不能见到毛主席？”老师说：“毛主席住在中南海。”“那毛主席怎就住在海里呢？”“中南海不是海，是个地名，就在天安门旁边。”“噢，毛主席住在天安门旁边……”那时，我们已经改口，喊自己的“大”叫“爸爸”、“妈”叫“妈妈”了。我们故意偷偷溜到父母的身后，猛地大喊一声“爸爸”“妈妈”，惊得父母直打哆嗦。他们回过神来责备：“吓死我了！”伸出手要打时，我们早一溜烟跑了。那时，村里孩子们可以用普通话字正腔圆地朗读一些小短文，得到父母的表扬。

由于父亲是乡村教师的缘故，我爱看书，这在全村孩子中出了名。我少年时代的所谓“零花钱”，几乎全部来自挖药材卖钱所得。乡里孩子对药材似乎有种天然的嗅觉，因为在那里面嗅到了钱的气息。

春天里，万物萌发，正是挖“黄蒿芽”[①] 的好季节。“茵陈”是中医里的一味重要药品，能清湿热、退黄疸，具有保肝功能。“黄蒿芽”出身卑微，乡间的路边、田埂到处都是。当然，黄蒿芽只能挖嫩的，要拣除杂质，洗净晒干，然后拿给供销社卖钱。供销社是不收长薹的黄蒿芽的，滥竽充数的不行，收购员眼尖得很。至于说为什么不收长薹的黄蒿芽，孩子们是搞不清楚的。长大后，我读到“华佗三试青蒿草”编歌的故事后，才真正解开少年时代的困惑。华佗的歌这样唱道：“三月茵陈四月蒿，传于后人切记牢。三月茵陈治黄痨，四月六月当柴烧。”

---

① 即中药材“茵陈”的陕北俗名。

夏天里，孩子们挖“各奴花”[1]、挖“羊板豆根”[2]；秋天里，孩子们要么出去挖甘草、柴胡；要么等下了霜，摘树上的桑叶卖钱。陕北山里的药材很多，我们还挖过“丝苒苒”根和一些不知名姓的药材。每年挖药材时，孩子们经常幻想能挖出一棵“甘草王”，能卖出个好价钱来。听老年人讲，“甘草王”是会跑的，一挖出头，就要死死地按住，防止它窜到其他山头。这样，我们也会设计一些有趣的挖掘方案。可惜，我直到现在仍未见过那棵真正的“甘草王”。

乡里孩子的劳动所得一般是要上缴给父母的，要作为家里的零用钱统一支配，但我不用上缴。父亲是位老师，经常鼓励我买书看。这样，我就把挖中药材卖的钱，全买成连环画看。文安驿镇子上有个文安驿川最大的供销社，供销社也卖连环画。我几乎是每个星期天，都会约上两三个小伙伴，步行十来里路，跑到那里买连环画。

后来，我每每看到知青叔叔们手里拿着一本本厚厚的书时，总有些艳羡，心想这里头到底有什么好东西呢，不然他们为何看得那么专注，那么投入？什么时候能够像吃年夜饭一样无所顾忌地看那些厚书呢？……

知青们像潮水一般地退走后，小山村又恢复了往日的宁静。但是，我们这群小伙伴还惦记着哪位阿姨送过一只铅笔，哪位叔叔赠过一顶大黄军帽……我们也经常跑进蓑草萋萋的知青院落里，

---

① 即中药材“蒲公英”的陕北俗名。

② 即中药材“远志”的陕北俗名。

面对着残破的窑洞愣愣地凝视半天，然后风一样地飞跑开。

我清楚地记得一个夏日的傍晚，我们几个打猪草的小伙伴发现知青叔叔们住过的、满是灰尘的窑洞的天窗可以推开，于是决定翻进去一探究竟。进入黑乎乎的窑洞后，我们发现窑洞里除了一张破席子外，还有陕北人盛粮食用的几个大架囤，其中一个里面堆了一大摞满是灰尘的大厚书。小伙伴们抽了一本，翻了几页，又准备扔进去。

看到这么多沾满灰尘的大厚书，我眼睛自然一亮，直叫："你们不看算了，把书给我吧。"

"行，但得有条件。"小伙伴们同意了我的要求。经过一番认真协商，我们达成了协议，我给他们每人打一筐猪草，再给每人两本连环画。

这样，架囤里面的书籍一股脑儿地全扔进我的筐子里了。然后，我们乘着夜色，各自回了家。那天晚上，我家猪圈的那头克郎猪嚎了半夜，大概是太饿的缘故。我为了节省猪草换书，竟剥夺了它的正常口粮。一连两三天，破绽终于露出了，那头可怜的猪拼命地撞墙。在母亲的厉声逼问下，我终于说了实话，自然也换来一顿暴打，好在事情就此打住。那个年代天天上山劳作的母亲，每天很晚才下工，安排好家里的营生后，便再也没有更多的精力管教孩子了。

其实，那次所偷的许多厚书，好多内容都似懂非懂，如《各国概况》《美帝国主义侵华史》《我们的朋友遍天下》《赤脚医生手册》《世界地理》《世界历史》《怎样养鱼》等。偷书虽然不是什么光彩的事，但在那个精神食粮极度匮乏的年代，这些成人书籍自然就成了我的好朋友。

事实上，书籍给我提供了瞭望外部世界的窗口，同时，也使我有机会产生兴趣与爱好。这种潜移默化的作用，一直影响到我后来的职业选择。

2010年，我被抽到陕西省高职专科单独高考招生命题组，担任语文组组长。高职专科单独高考的考生是中专、中技、职业中学的“三校”生，文化底子并不是很厚实，这就要求针对他们的高考作文既不能太难，同时又能检测出真实水平。为此，我们在作文命制上还颇费一番心思。在我的提议下，省高职专科语文试卷的作文题确定为不限定体裁的命题作文《读书真好》。开考后，我惊异地发现此卷与全国二卷的作文题高度相似，当然非常高兴。后来各方的反映也不错，认为有话可说，也能写出水平。能出《读书真好》这样的题目，源于我少年时代就形成的读书爱好。

读书成为我人生的日课，每天晚上只有翻上几页书，才能睡个好觉。我每到一个地方出差，总是先闻着书香，到书店里逛逛，淘上自己喜欢的几本书……

我之所以不厌其烦地讲述自己少年时代的读书故事，就是想告诉朋友们，在国家倡导全民阅读、推行书香社会的大好时光里，我们不去享受阅读的充实与乐趣，又更待何时呢?

祖父、父亲和我

关于祖父，记忆里是一部长长的花白胡子和一张布满老年斑的清癯面孔。

祖父年轻时曾做过几年私塾教师，村里人喊他“先生”。记得小时候，祖父拖我玩，村里老人们逗我:“娃，像你爷把书都读通了，可成大气候哩，你爷肚里有货哩！”老人们开玩笑时，祖父显得有些不自在，讪讪地笑一阵子。说实话，那时，祖父已经由一个教书匠老先生转变身份成为生产队的社员了，他失去了粉笔就好比受苦人被夺取老镢把一样难受。由于他不通农桑，挣的工分又低，且不像别的男人一遇歇工就忙着给自家砍柴，而是抱本旧书寻个阴凉地歇息。一度，他在整个家庭中的威信并不高，祖母曾一把鼻子一把泪地指责他，认为他活得不可救药。我常用一些稚嫩的目光来推判周围的事物，认为祖父是个怪老头。因此，在他教背那些唐诗宋词之类东西的时候，尽量糊弄他老人家，根本就没背熟几首。

那时，父亲在外乡的一所中学教书，也算是继承了祖父的“衣钵”。由于路远，父亲半年只回来那么三四次，家中的许多事情就要靠书信来传递。起先，信是由祖父亲自写来。我常见他戴起断腿的老花镜，在荧荧跳动的油灯下，举起小楷毛笔颤抖一番，终于把字涂到纸上。那种神情仿佛要完成某种庄重而神圣的使命一样全神贯注，面部呈现出雕塑般的造型。他封好信封，打发我送往公社邮政所时，那种姿势还不走样。多少年过去后，我在看到一部叫《阴阳界》的电影时，心想如果叫祖父出演男主角，定能捧个金鸡奖什么的。后来，祖父指导着我在窑墙的旧报纸上识了几个字后，我便担任了捉笔的营生。信是由祖父口述，我来整理，在白纸上歪歪扭扭地写上“吾儿鉴”的字迹来。每次不外乎那么两层意思：家里很好，汝儿也学习努力；教书是造福后代的大业，师不高、弟子矮，望儿认真工作。其实，那时已经是“读书无用”的年月，学校的学生们正在造父亲的反，给他扣了一大摞帽子，放了许多张大字报，他正艰难度日。母亲在灶头暗自流过好几回泪，她叫我不要告诉祖父，免得老人伤心。我真为有这样一位好母亲而自豪。

长大后，我赶上了好年景，先是上大学，后来又进入大学教学。记得刚担任助教的那年，父亲与我谈了次话，其态度的严肃是常人所想象不出的。他是从祖父的身上进入话题，说祖父的草书是这一道川里的一绝，真有“飘若浮云，矫若游龙”的样子，但批改作业从不龙飞凤舞；祖父年轻时，一些人邀请他出去做事，他都婉言相谢，一辈子做他的娃娃头——父亲总是跳不出我孩提时早已听熟了的话题，言外之意是在暗示我，要像祖父一样为人心诚，不欺骗自己的良心。

几十年的教学生涯，让粉笔把父亲的青春朝气涂成苍然白发。

他曾是县里的好老师，经常能捧到奖状之类的东西，但从不往墙上挂起炫耀一番。儿女们询问，他说那是过去的事了。我们儿女有种共同的感觉，父亲从他父亲身上继承的东西太多了。有一次，我的小弟在饭桌上说出他的直觉。父亲脸红了，几天不理小弟。这些年，由于物价上涨等方面的原因，吃工资的人普遍感到生活紧张。像父亲这样家庭拖累大的老教师，既要供孩子们上学，又要张罗着给孩子们成家，生活自然是很拮据的，菜锅里的油花也少了很多，但父亲总是很达观。

有一次，我回老家过春节，全家人和和美美，团团圆圆。父亲的学生和他的儿子来拜年，进门都直喊“老师”，父亲一愣。他不知道，他学生的儿子又成为我的学生了。谈话间，父亲的学生告诉我们，他的父亲也曾是祖父在私塾里的学生。全家人哈哈大笑一番，读书人自有读书人的乐趣。

后来孩子们提起给祖父立碑的事，父亲沉思半晌，说只要你们能记得他老人家，便比什么都强。我说，也是。猛然间，我在自己的瞳孔里发现了祖父清晰的身影，一闪一闪的，扩展开来，形成永恒的定格。

燕燕于归

燕子是那年清明后到老家的窗前结巢的。

那年春节一过，“阳春布德泽，万物生光辉”。抹了一辈子粉笔灰的父亲，从讲台上退下来，便和母亲商量着要搬回乡下老家居住。他们的态度相当坚决，理由很多：乡下空气好，吃水方便，适于养老，等等。说实在的，在县城工作的许多家乡人退休后，纷纷回乡箍窑造房。到酷暑难耐时，他们就回老家消夏来了。也许是受了他们的鼓惑，父母主意已决，很快就回去了。

前些年，乡下的程控电话还不通，我和父母的主要联系方式就是书信了。我这个人喜欢写信和读信，总感觉到书信与悠远的时空相连，能浸注一种特殊的情调；读一封信，可以产生无穷无尽的联想。那年清明过后，父亲给我写了一封信，讲了讲他们在乡下的生活情况，目的是让儿女们放心。一是雇人在院子里打了一口深井，水很旺，用潜水泵往出抽，既解决吃饭、洗衣问题，又可以养花、种草；二是在院子当中整理了一块菜地，已经撒种，估计夏天吃菜问题也能得到解决。末了，父亲在信后赘了一句：“这几天里，院子里来了两只燕子。它们忙个不停，在中间的那孔窑洞窗前垒窝，看来它们也要安新家了！”说实话，父亲的这句话可谓神来。它虽然素朴极了，却是诗意的，极有穿透力。它紧紧地抓住我的心绪，令我浮想联翩。

陕北黄土高原的家乡，除了人之外，还有两样灵性，一是水，一是鸟类。黄土高原的水一般泛泉为溪，汇溪成河，构成一方生动。打个比方，那河就是大树的树干，那溪就是大树的树枝，缘水而居的村庄就是大树上茂密的叶片。或者说，那河就是一个历史久远的瓜蔓，上面结了许多小山村。那河有时虽然仅仅是一条细流，从高处看似只有筷子般粗细，但毕竟还是河，是陕北人生命形态的承接物，其意义可想而知。在陕北这片苦焦的土地里，那些高贵的天鹅、白鹭、丹顶鹤之类的鸟是不会光顾的。有的只是平常的鸟儿，譬如燕子、麻雀、鸽子、喜鹊之类的。它们的身份算不上高贵，自然活得也挺艰难。就说麻雀吧！这种小精灵，在大灭“四害”时已经大伤元气；到了我们这个所谓的农药化时代，小小的麻雀怎也不明白，人类怎么一天比一天恶毒，自已究竟在哪些方面得罪了可恶的人类？燕子在人们心目中是益鸟，是害虫的天敌，带给人类的是吉祥和如意。它是幸运的，绝不会受到人们无缘无故的迫害。相反，还会给它提供优渥的生存环境。

我不知道那对光临老屋的燕子有何初衷，不管怎样，“燕子家家入，杨花处处飞”，“翩翩新来燕，双双入我庐”，偶然而来的燕子，却给父母一个意外的惊喜。在家乡有这样的说法，燕子上谁家窑前垒窝，说明谁家周正、人气旺。兴许那对燕子的祖父母就在故巢生活，“故巢倘未毁，会傍主人飞”；兴许是一对初出茅庐的年轻夫妻，看到这两位性情平易的老人，方才动了“双双入我庐”的念头。这一切不得而知。

我的记忆中，燕子一般是每年的清明过后飞回陕北的。这时的陕北，“春事到清明，十分花柳”。“燕燕飞来，问春何在”时，却发现“春在乱花深处鸟声中”，家乡的天空多了一些黑色的精灵。它们自遥远的南方归来，诸事繁多。垒巢是相当辛苦的，夫妻双双啄草衔泥，昼夜劳作，忙个不停。大约十多天后，一个完整的巢就搭好了。燕子夫妇的下一步工作就是生儿育女了。从产卵、孵化到哺育小燕子，几乎要搭上整个夏天的时间。孵化期间，“妈妈”值班，“爸爸”打食；“妈妈”有事外出，“爸爸”临时上岗。到了晚上，“妈妈”继续她的工作，而“爸爸”则是一位英俊的守护神，时刻警惕着来犯之敌。它们分工明确，各司其职，有条不紊。小燕子出生了，整天价嗷嗷待哺。这段时间，燕子“妈妈”与“爸爸”的工作重心，全部集中至对儿女的抚育上了，整天忙得不亦乐乎。到了秋天，儿女长大了，父母领着它们去南方越冬走了。第二年春天，燕子们又飞回来……虽然燕子们重复着从前的故事，可对每一个新的生命来说，它们的意义却绝不一样。正如人类的繁衍生息，形式似乎相同，可生命的魅力就在于貌似简单的个体性的重复中。

我咀嚼着父亲那看似闲笔的文字，那里面到底有多少暗示呢？父亲毕竟当过多年的中学语文教师，还是懂一些文章章法的。我想到了父亲可能是想念儿女了，他和母亲人到老境了，开始需要儿女们赡养时，可儿女们一个个地远走高飞了。也许，他和母亲回老家的一个最重要的原因，就是难以排遣心中的孤独，而选择了老家这个寓所来庇护心灵，何况中国人还有叶落归根的传统。父母毕竟是些普通人，平凡得不能再平凡，一辈子没有干过一件轰轰烈烈的事业，唯一的心思用在孩子身上，希望儿女们能有些出息。想到这些，我觉得我应该回趟老家，看看搬回乡下的父母。

后来由于诸多的原因，我一直到暑假方才成行。回到家里，父母自然高兴。我也见到了父亲信中提到的那对燕子。它们也做了父母，有了两个孩子，忙着抚儿育女。小燕子们小黑豆似的眼睛滴溜溜乱转，小黄嘴唧唧地叫个不停，看见“爸爸”“妈妈”衔着食物飞回来，叫得更是起劲。母亲说：“我和你爸经常看这些小燕子，扳着指头给它们算天数。”此时的我，忽然想起了清代诗人高鼎的一首绝句：“牧笛声中踏浅沙，竹篱深处暮烟多。垂髫村女依依说，燕子今朝又作窠。”我的感觉，这只燕巢不仅仅成为一种风景，给父母带来无限生机与乐趣，更主要是成为父母思儿念女的参照物。

回到家里，母亲自然是要忙碌的，今天炸油糕，明天包饺子，把陕北人认为最好的饭食做给我吃。对于母亲的忙碌，我用了一千种理由去阻止，却不能成功，只好依着她了。做陕北特色食品黄油糕的工序很复杂，也很讲究。泡米，净水，碾压，细箩，锅蒸，揉卷，油炸，最后就是黄澄澄的软油糕了。油糕是炸出来了，酥脆可口。可是，整整忙了一天的父母，却没有多少食欲了，他们只是一个劲地劝我吃。我望着窗前的燕巢，看着那几只嗷嗷待哺的小燕子，心想，这些小燕子长大后是否也能懂得珍惜父母所给予的那无私的关怀？……

“多情帘燕独徘徊，依旧满身花雨，又归来。”可以这样说，这些年我之于老家的情感，有一半是小燕子牵连的。不知为什么，一度习惯于漂泊的我却产生了一种莫名其妙的恋家心态。我时时梦回家乡，自然也梦到窑前的那对燕子。我把我的这种心态告诉了朋友，朋友说：现在到后工业年代了，你还枕着典型的小农思想不放；好男儿应该志在四方，应该长风破浪……朋友说服不了我，我自然也说服不了朋友。

这些年，我勤回老家，时不时地看望父母。小弟也结婚育子了，父母把小孙子接到身边，开始承担起抚养小孙子的重任。父母一年一年地老了，头上的白发更密了，脸上的皱纹更多了。父亲的身体开始往下佝偻了，母亲的手越发粗糙了。而窑前的那对燕子，也年复一年地归去来兮，忙碌着他们的事业；孩子们一拨一拨地降生，又一拨一拨地长大，燕巢里总是充满欢声笑语。

今年暑假，我带着八岁的女儿又回到父母的身边小住了几天。孙女回家了，爷爷、奶奶自然喜上眉梢。女儿喜欢老家的一切，自然包括窗前的那群小燕子了。燕巢里有三只雏燕，焦急地等待着父母捕获的食物；偶尔，他们还拍打着翅膀，显出跃跃欲飞的样子，十分可爱。

母亲说：“今年已经孵了一窝，上次那三只已经长大飞走了。这些小燕子再过几天就该出窝了，你看他们调皮的样子，跟你们小时候一样。”

女儿不大明白奶奶的话，新奇地问我：“爸爸，你小时候也住燕巢？”

我逗女儿："爷爷、奶奶家不像个大燕巢？"

女儿终于明白了，跑去找相机，要给小燕子们拍照。

过了两天，我和女儿也要回到我们居住的城市了。我正在窑里和父母一起收拾行囊，突然，女儿急匆匆地跑来："爸爸，院子里怎飞来这么多小燕子？"

我和父母赶紧跑出门去，只见三四十只燕子像是聚会一样，围着燕巢来回飞行，还发出叽叽喳喳的叫声；燕巢里的小燕子也格外兴奋，拍打着翅膀，应和着这群不速之客。看样子，它们是在举行什么仪式。

母亲明白了什么，指着远处空中铁丝上的两只燕子，说："这两只燕子是它们的爸爸、妈妈，这群燕子是它们的儿女，过段时间，它们总要回来看看的。"母亲说得对。《诗经·小雅》言："哀哀父母，生我劬劳。"动物界的那些生灵们都有一份美好的亲情，何况人类乎？

不管怎样，那群燕子的活动持续了很长一段时间，然后它们飞高飞远了。

我和女儿也上路了。长途车上，女儿还兴奋异常，不住地问："爸爸，我们什么时间再回老家看小燕子呢？"

"很快，很快。"

家乡的味道

人的味觉是有记忆的，童年时代培养出来的味觉，无论走到何时总是无法忘掉。这不，我这个地道的陕北延川人，竟然让延安城里一家小小的“延川泼汤面馆”勾引得神魂颠倒，老想隔三岔五地跑过去，吃一碗热乎乎的泼汤面才算心甘。

陕西的地域分为陕北、关中、陕南三大地理板块，这三大地域板块的百姓有着迥然不同的生活习性与文化特点。陕北高原纬度较高，介乎农耕文化与游牧文化之间，宜于种植五谷杂粮，因此在吃食上主要体现“杂粮细做”的特点，如油糕、油馍、黄米馍馍、黄米饭、荞面饸饹等就体现这一特点。陕北北部宜于放牧，没有退耕还林之前，几乎村村都养羊放牧。这样，大块吃肉、大碗喝酒，也是陕北饮食文化的一大特色。陕北人爱唱信天游，陕北民歌中就有：“荞面疙坨羊腥汤，死死活活相跟上……”荞面疙坨与羊肉汤，那可是陕北面食文化中的绝配。关中地区那平展展的八百里秦川，可是中国的大粮仓。八百里秦川上优质的小麦面，激发了关中人无穷的面食文化创造力。因此，关中地区的面食种类很多，有 biang biang 面、箸头面、乾县清汤面、岐山臊子面、武功旗花面、杨凌蘸水面、户县软面等上百种面食。许多外地以为西安的名优小吃只是羊肉泡馍一种，其实关中的面条那才叫个好吃。关中农村人每天能咥着大碗的 biang biang 面，呷一口西凤酒，吼两嗓子秦腔，那日子才叫舒坦呢！秦岭以南的陕西地域，就是陕南了，即当今的汉中、安康、商洛三市地域。这里多山、多水，主产水稻，因此类似汉中大米皮之类的小吃，就是当地有名的小吃了。

说来有趣，延川泼汤面不是什么山珍海味，仅仅是一碗普普通通、热热乎乎的面条而已。它在陕北的面食中都排不上名号，更遑论在陕西的面食种类中寻个座次了。它严格意义上就是当地寻常百姓的家常饭，但恐怕只有延川人才晓得“泼汤面”的真正含义。

一提起这“延川泼汤面”，我的思绪马上飞回到童年时代。那是盛夏的麦收时节，母亲在柴灶上做出的一碗泼汤面，自然能让我们兄妹几人兴奋好几天。做这泼汤面的工序很简单，面就是一般的手擀面。如果要说秘诀，就在这个“泼汤”里。其实，“泼汤”的工艺也挺简单的，无外乎给做汤的铁锅里倒点清油，油热后炝点类似韭菜花的“泽木花”，再浇水，再倒进陕北人自己晒制的面酱；锅开了，再浇点蛋花，放点生葱丁。这样，把飘几朵蛋花的酱汤浇在面条上，就是所谓的“泼汤面”了。当然，条件好的人家再给汤锅里打进几个荷包蛋，那可就是最高配置了。“泼汤面”之所以好吃，关键是炝那丁点的“泽木花”。“泽木”是陕北山地里的一种蓄根式小草，长相有点像韭菜的菜薹，但比韭菜的菜薹要细很多，顶多像缝衣服的细针，头顶着的一撮小花，就是

“泽木花”了。这种“泽木花”看似平常，其貌不扬，但晒干后在铁锅中一炝，那可是香味扑鼻啊！我少年时代经常带着弟弟妹妹们上山刨“泽木”，整整齐齐地移栽到窑畔上，等开花后捋下、晒干，就能交给母亲炝锅炒菜了。事实上，在那个连温饱都没有解决的艰苦年代，这朵小小的“泽木花”在我们这样普通百姓的日常生活中扮演了一个“提味者”的角色。

延川在延安的东北方向，延安向东是延川。延川在陕北古代虽说是靠近黄河的三等小县，但交通条件却相对方便，连接长安城和塞外的古驿道，纵贯延川县的南北；而秦晋峡谷中黄河上的延川清水关、延水关渡口，在古代是陕北高原与三晋大地联系的重要渡口。较为便利的道路，使得延川人有接触外来文化的机会。驿路上马蹄声碎，驼铃不断；渡口上旗幌招展，橹声欸乃。这一切，对于文化的传播都起到了积极有效的作用，也使延川人形成了相对宽广的文化视野。陕北人多大块吃肉、大碗喝酒，性格急躁、暴烈，做事果敢、勇猛。相对这些特点而言，延川人的性格中又多了一些心平气和、做事稳重的特点。我记得《习近平七年知青岁月》中，习近平的房东刘金莲老人一个劲地夸青年习近平“气平”，编辑注释时搞成“慈平”了。延川方言把“气”念“慈”，可惜中央党校出版社的图书编辑们听不懂。当然，这也算个小小的花絮吧。事实上，延川人做事平和而不急躁的性格，也体现在这碗热乎乎的“泼汤面”中了。

一方水土养一方人，一方水土也培育一方文化。这平淡无奇、清汤寡味的“延川泼汤面”，某种意义上成为延川百姓文化性格的饮食佐证。延川虽是延安市一个不到二十万人口的普通小县，但却是陕北的文化大县。陕北有句口耳相传的谚语："武看三边，文出两川。""文"指文人，"武"指武将，意思是陕北的武将多出自长城沿线的定边、安边、靖边一带，陕北的文人多出自延川、宜川一带。史料记载，唐代大和元年延川籍士子李郃考中朝廷的"文状元"；明清时期，延川籍的举人进士屡见不鲜；"秦西闺中不多见"的陕北才女、清代女诗人李媞媞，更是古代延川文人的典型代表。陕甘宁边区时期，延川县涌现出杨醉乡等一批革命文艺工作者。中华人民共和国成立以后，延川的县级文艺小报《山花》，先后培养了以路遥、谷溪、史铁生、陶正等为代表的三代"山花作家群"，这使延川当之无愧地成为我国罕见的"作家县"了。

再说延安的这家延川泼汤面面馆吧。它虽在延安百米大道旁一个不起眼的小巷里，门脸很小，房间不大，但生意却一直很好。因为经常来，我与老板也相熟起来。来这里吃一碗"泼汤面"，既是过个嘴瘾，更是在寻找童年的味道、妈妈的味道。朋友，你说呢？

酸　菜

这些年，延安人的生活普遍好了，开始变着法儿地吃东西。曾经被陕北人视为救命菜的酸菜、苦菜，也都堂而皇之地出现在筵席上。

就拿酸菜来说，它对于陕北的每个家庭，都可能是一个既惆怅又动人的故事。记得很多年前，妹在西安上学，每到冬天，总是写信给家里，说她想吃酸菜想得牙关发软口水直冒。母亲接信后，一笑："这傻女子，单就爱吃个酸菜？"便从瓮里捞出酸萝卜疙瘩，切成细条，放好佐料，托人快快捎去。

其实，不光妹子爱吃，我也喜欢吃呢！

家乡的深秋，男人们从山里刨出萝卜、洋姜，砍下大白菜、莲花白；女人们再洗净，剁好，压进大瓮，浇水撒盐，这样就完成了简单的腌菜工序。庄户人家一般是腌一大瓮疙瘩菜、一小瓮碎菜。过十几天，菜瓮里泛起白沫，刷掉，一连多次，碎菜便能吃了。七十二行行行出状元，腌菜的功夫全在一把盐上，盐撒得多，咸得不能吃；盐撒得少，很快就会坏；盐撒得均匀，那菜儿不光色亮、耐看，也好吃，会酸得人牙关子叫响哩。女人们串门，尖鼻子闻满窑里的酸菜味，马上就会判断这家人是否周正。当然，母亲有双巧手，不仅善做针线活儿，而且腌制的酸菜常常是村里的上品，人吃人夸。

儿时，家乡地薄人多，粮食不够吃。冬天到了，是酸菜陪着家乡人熬过那苍凉而寂寞的日子。到第二年春，酸菜还吃不完时，女人们便放在锅里蒸了，晾干，做成干盐菜，准备作为男人们开春受苦时的吃食。山里人就这样，年复一年地守着苦日子。

我十来岁时便奔到县城读书，与酸菜结下了不解之缘。冬日里，一碗白开水，两块玉米团子，几口酸菜，便构成了单调的学习生活；夏日里，又是一把干盐菜泡涨强烈的求知欲望。尤其是冬日里，每每周六回家，总要让母亲切一大盆酸萝卜，狼吞虎咽下去，再喝一碗开水，打两个饱嗝，才心满意足了。那种感觉，不亚于今天气派地坐到烤鸭店里吃烤鸭时的心情。

这些年，我到城里工作，成了家，也有了女儿。妻是城里的姑娘，自然不会腌菜。每次我想吃酸菜的时候，只能到岳母家里捞一些。饭时，我是猛吃一通。妻见状，唠叨一番："放着熟的不吃，单就爱吃个酸菜，没福的命。"我知道，妻是疼我。但我与酸菜的神交，也不是一日两日了。

后来，妻在报纸上看到一则消息：淮河流域一带农民因冬季吃酸菜，胃癌发病率极高，有关专家呼吁改变饮食结构。到冬季，妻再也不为我回娘家捞酸菜了。妻是城里人，自然不了解我的心情。我祖祖辈辈都是吃酸菜过来的，更何况现在人们都普遍讲究卫生了……

曾记得陕北诗人谷溪写过一首名叫《酸菜缸》的小诗，其中有这么几句：

站在电冰箱的高度

　　俯视

　　你似乎象一个句号。

然而，我却不能；

我向你跪拜，

匍匐在儿时洒泪的土地……

你，一个巨大的

　　惊叹号！

我不得不佩服诗人对滋养他生命的土地和土地上万物的思考。是的，酸菜是陕北人的记忆；陕北人有谁能会对酸菜丧失那特殊的感情呢？写到这里，我又满口生津，心儿也酸溇溇起来。

延川“雁门关”

家乡延川县，有多处与杨家将传说有关的历史遗迹，如神疙瘩山、蛇顶山的“雁门关”。其中，我最熟悉的要数文安驿镇蒿岔峪村蛇顶山的“雁门关”了。

我的老家文安驿镇禹居村坐落在一条上连榆林、包头，下连延安、长安的古驿道上，此道是古代榆林到延安之间的最便捷驿道。禹居以东十华里是文安驿村，以西六十里是甘谷驿村，中间有个卡脖子地带，这就是当地民间传说中的“雁门关”了。“雁门关”在禹居镇以西二十里的蒿岔峪村蛇顶山上。蛇顶山位于延川、延长与宝塔区三县区的交界处，海拔达一千二百多米，山势险要、雄奇，一条犹如登梯状的古道沿此山盘旋而过，直达山顶。山顶中峰的山凹处，设一关口，乃“延榆喉襟”之地“雁门关”。

蛇顶山相传叫社鼎山，因明代在此山建寺，改名为“禅梯岭”。“雁门关”又名合峪关、铁门关、天门关。“延川八景”中的“铁门天隘”就是指“雁门关”。《民国延川县志》之“形胜”篇记：“铁门天隘，即禅梯岭，土名铁门关。明时筑堡，有一夫当关、万夫辟易之险。俗传宋将杨延昭屯兵于此。”“关梁”篇云：“禅梯岭堡，在县西七十里。明嘉靖间，延绥巡抚张珩言：‘延川西有禅梯岭，乃套夷深入之路，比他镇独重，宜增一城。’从之。”至于此关为何叫“雁门关”，《民国延川县志》则没有记载。

我母亲的外家就在蒿岔峪村，我儿时经常跟母亲走亲戚，经常听母亲讲“雁门关”的故事，也算是最初接受民间文化教育吧！母亲说，听她的外婆讲，“雁门关”就是北宋时期抗辽名将杨六郎镇守过的地方。“雁门关”上有个杨六郎的“转兵洞”，三天三夜能过三斗三升“菜籽兵”。杨六郎站在“雁门关”上，一箭射到大青山，吓退了辽兵……从此，“转兵洞”和杨六郎射箭的民间故事，在我的脑际扎下了根。我小时候，由甘谷驿到文安驿的这条古驿道已经废弃了。由延安到延川的汽车绕道永坪，再由永坪顺河而下到延川，走一个大弓背形道路。春秋两季，偶尔有脚夫吆着大批的牲灵，经由“雁门关”往南去了。20 世纪 90 年代末，新修的 210 国道在宝塔区与延川之间的线路，才基本上改走原先的古驿道。不过，仍然撇开山势险要的蛇顶山，改走距此数十里的樊家沟“芦草梁”了。

上学读书后，我才知道此“雁门关”非彼“雁门关”。真正的雁门关在山西省忻州市代县境内，那才是杨六郎抗辽时镇守的边关。而延川这个“雁门关”，充其量是陕北民间版的“雁门关”。我也查阅过一些资料，说代县的雁门关也有杨六郎射箭的传说，也是“一箭射到大青山”。延川的关隘何以要用“雁门关”命名呢？延川的“雁门关”又为何要复制山西的民间故事呢？一切都很神秘，一切也颇为有趣。延川版的“雁门关”始终以它的神秘气质吸引着我，我也一直想找机会一探究竟。

20 世纪 80 年代的一个春天，我那时已经出落成狂热的文学青年。我听说“雁门关”上来了位老和尚，一个人住在荒山秃岭中，感到很好奇。我趁陪母亲到蒿岔峪走亲戚之际，专门约了几个伙伴一起爬了趟蛇顶山，看了回“雁门关”。

蛇顶山在蒿岔峪村的后沟掌，比群山众峰明显高出许多，绝对是一副“鹤立鸡群”的感觉。沿着古驿道盘旋而上，一直能走到蛇顶山东西两个小山包夹的“雁门关”。“雁门关”居高临下，地势险要，易守难攻。想必在冷兵器时代，只要关门一闭，绝对是“一夫当关，万夫莫开”的状态。我去时石砌的关洞尚存，但关门已经不复存在了。登临“雁门关”，自然也有无限感慨，冷兵器时代的人们，扬长避短的最好方法是依托有利地势，以逸待劳。而“雁门关”既在交通繁忙的古驿道上，又有有利地形，自然乃兵家重视之地。

蛇顶山的山顶不是陕北常见的小山峁，而是一个平展与开阔的山塬。这种地形地貌在陕北南部极为普遍，但在以丘陵地貌为主的延川、延长一带却是极为罕见的。老和尚就住在山塬边沿一个快要坍塌的山窑里，生活设施极其简陋，说是一贫如洗也毫不夸张。我还专门了解了一下老和尚的情况：山东人，年岁在六十来岁，云游到此已经半年多了，吃水是在山下挑上来的。我当时想，这里既没有寺院，也没有基本的生活设施，这个老和尚为什么要住在这里呢？我甚至还想到“苦行僧”这个词，这是一位专门爱吃苦的和尚吧！孟子云：“故天将降大任于斯人也，必先苦其心志，劳其筋骨，饿其体肤……”这个老和尚是为了锻炼心志，还是有别的原因？同伴催我快走，我只好带着疑问离开。

我还去探访杨六郎的“转兵洞”。同伴指着一个已经半塌的山洞说，这就是那个传说中的“转兵洞”了。我自然是将信将疑：这个小小的山洞，能走三天三夜的“三斗三升菜籽兵”？带着这些疑惑，我结束了探访蛇顶山之游。这些年来，我一直还清晰地记得二十多年前探访“雁门关”的情景。这位老和尚如果健在，一定早已修成正果了！

这些年来，我喜欢行走，也喜欢翻阅一些地方典籍，了解风土人情。我在写作历史文化散文集《走过陕北》时曾注意到一则关于延川的资料，并写入《赫连勃勃墓考辨》一文中。这个资料是这样的：清代人吴广成撰写的《西夏书事》中记载，西夏主李德明（李元昊之父）早年在绥、夏二州建立驿馆，修治道路桥梁，开始讲究排场；后来又“役民夫数万，于鏊子山，大起宫室，绵延二十余里，颇集壮丽。”《延安府志·卷十一·舆地考》载：“延川西四十里有宫道山，相近有梁家山，六十里有蒿岔峪，七十里有鏊子山，相近有禅梯岭。”西夏专家吴天墀在《西夏史稿》一书中注释，鏊子山在今延川县西。本来李德明投入这么大的人力、财力所完成的浩大工程，《延川县志》或《延安府志》上应该有所反映，但翻遍延川、延长、延安三个县的县志，均找不出相应的文字。我是土生土长的延川县禹居镇禹居村人，禹居在延川县西部，距县城四十里。我从小未闻方圆几十里即有鏊子山修宫建馆的传说。

又，《民国延川县志》“山川”篇言“鏊子山，在县西七十里”，“禅梯岭，相近鏊子山，在县西七十里，为县境扼要口。中峰最高处砌石洞为关，上建楼，傍建古刹，过客多有题咏。与延长壤地交错。”西夏是重佛之国，倘若李德明在山上建宫设馆，那也一定建有寺院，这就与《民国延川县志》中所言的“傍依古刹”相吻合了。而这位老和尚在冥冥之中似乎得到远古佛法的感召，才来到20世纪80年代时已经彻底荒败的蛇顶山的。这样想来，这些毫不相干的事物间，却如同“蝴蝶效应”一般有着某些千丝万缕的联系，真叫人为之感喟唏嘘！

前不久，我去了趟志丹县的九吾山森林公园，发现其上顺惠王庙的建庙理由，竟然来源于明英宗的一个梦。明嘉靖《陕西通志》记载：明英宗北巡边防时，梦见一位金甲神将守卫，惊问：“你是何人？”神将答曰：“我乃大宋将军李显忠，现居保安，特来护驾。”英宗大喜，敕封李显忠为顺惠王，下旨保安、安塞、安定三县建庙致祭。顺惠王遂成马头山正神，至今享祀五百多年了。李显忠乃清涧县人，生于1109年，卒于1177年，本名世辅，唐末世袭党项苏尾九族巡检，世代守边。十七岁时，随父从军，孤身独闯敌营，斩杀无数，人称“万人敌”。金人攻占延安以后，李显忠被迫诈降金国，避难西夏。后巧计脱离西夏，招兵买马，忠义回朝，宋高宗赐名显忠，封节度使、御前都统制兼淮西招讨使，浴血激战淮河两岸，屡建奇功，收复大片失土，成为与岳飞、韩世忠、刘光世等齐名的抗金名将，死后谥号“世襄”。

战乱思良将，国难思忠臣。顺惠王庙的建立，就是一个典型的例子。明英宗要在大明将士中树起李显忠这位忠实朝廷的抗金典型，这个举动也透露出他对北方脆弱边防的担心。我想，延川“雁门关”的来历，估计也是这样一类情况，当地百姓长期生活在民族战争的拉锯与对峙中，多么渴望借杨六郎的威名，来保护一方平安！

《民国延川县志》上刊录“佚名”作者的诗歌《禅梯岭》：

层峦叠嶂势参天，一线中留路蜿蜒。
万里车书通朔漠，三边形胜控绥延。
重关扼险人难度，战垒频经马不前。
北虏望风先丧气，杨家勋业忆当年。

是啊，杨家将就是北方长城沿线百姓的保护神，延川的“雁门关”就是当地百姓期盼和平、安宁日子的象征。这就是我的全部答案。

延川红枣记

家乡延川县是陕北有名的枣乡。朋友，你若有时间随便到黄河畔的村子走一遭，便会发现到处都是枣林，扯一片，拥一湾，漫一坡，密密匝匝地，形成一道道颇为亮眼的风景。

说来也怪，陕北有那么多的黄土高坡，山是同样的山，水是同样的水，可红枣的大小、成色、甜度就是不一样。唯有黄河畔的大枣有名，也许它们是吮吸了黄河乳汁的缘故。旧《延川县志》记载:“红枣各地都有，不如东方。沿黄河一带百里成林，肉厚核小，与灵宝枣符，成装贩运，资以为食。”

延川的红枣虽多，但最有名的便是“狗头枣”了。“狗头枣”是黄河畔的特产，个大，形拙若狗头，憨厚敦实，皮薄肉厚核小。有关方面技术鉴定确认，其内含多种维生素及钙、磷、铁等微量元素，营养成分之丰富，可谓群枣之冠，家乡人称其为“枣王”。说起“狗头枣”，还有个小小的典故呢。1982 年，朝鲜民主主义人民共和国主席金日成访华来到陕西，省里端出陕西特产。金日成品尝到延川的“狗头枣”时，连声称好，大加赞赏，回国时还带走三百棵枣苗……这一佳话在家乡延川流传了很长时间，几乎妇孺皆知。前两年，县里新修的县志也郑重其事地记录了此事。再说河畔的脆枣吧，又称“跌牙枣”，鲜枣皮薄肉厚，一磕牙就裂，钻心地甜，是枣中上品。

在我的记忆中，枣乡是美丽的。每年端午前后，枣花开了，从湖南、山东、四川等地赶来的养蜂人家，随便找片枣树林，放飞自己的蜂群。蜜蜂们忙忙碌碌地采着花蜜，家乡人徜徉在甜蜜的世界里。那时候，家乡人从不欺生，对那些身在异乡的客人尽是照顾；而养蜂人也经常把新割的鲜蜜给村里人尝。儿时吃蜂蜜的情景，至今难以忘怀。

秋天是成熟的季节，也是收获的季节。对于枣乡人来说，一年四季中最渴望的莫过于枣儿红了的时候。秋天里，红玛瑙般敦敦圆圆的枣儿挂了一树又一树，在那里挤着、喊着、闹着，散发着诱人的清香，撩拨得人耐不住性子随手抓几颗啖入嘴里。枣叶也是金黄色的，蓝天白云下的村落，仿佛一块块飘动的仙云。打枣儿的时候到了，全村男女老幼一齐出动。老人、小孩忘记额头上红枣雨击打的疼痛，提筐携篮，在草地上追逐着……

虽说延川盛产红枣，一方水土养一方人，但在改革开放前，河畔人仍在贫困线上挣扎着。本来，秦晋峡谷的黄河畔就山高路险，红枣难以贩运出山。再说当年动不动就割“资本主义尾巴”，河畔人哪有心思发展枣业，只得任枣树们自生自灭。改革开放带来好政策，摇钱树摇来好日子。河畔里的男人们开始走南闯北，往全国各地贩运红枣，赚回了大把大把的钞票。再后来，政府行为起了作用，县里在黄河畔的枣乡成立了“红枣经济开发区”。这不，几年工夫，枣业的科学管理抓上去了，而且黄河畔的各乡镇几乎村村通了公路，贩枣的汽车能直接开到硷畔下。高压电线、光缆电话线也架进了古老的山村，打开电视，足不出户就可以了解天下大事、致富门路；手握电话机，一根银线就可促成几十万元的大买卖。祖祖辈辈日出而作、日落而息的河畔人，也终于有了自己的新生活。

河畔人富了，河畔人也更精明了，开始算计着利用红枣的资源优势，如何更好地赚城里人的钱。他们根据城里人的习惯，一改过去粗放型买卖的方式，对红枣实行分级包装。这样一来，三五斤一小箱，十来斤一大箱，再书“陕北延川大红枣”的字样，一投放市场，便成为抢手货。这些年，“陕北延川大红枣”真正地走进北京、上海、深圳的一片片大天地，着实见了一番世面。

目前，河畔人又着手搞起红枣系列产品的开发，比如枣茶、枣酒、枣脯等，他们信心十足地憧憬未来。

看样子，河畔枣又要为家乡人脱贫奔小康出一把大力了！

故乡的河

一个平原上来的人，怎也想不到那些像瓜蔓蔓一样七岔八拐的黄土沟壑里竟有人家。可不，家乡就是瓜蔓蔓一样的山沟里结出的甜瓜儿，抱成一团的村子紧紧地依偎在大山的怀抱里，享受着天地所赐予的福分。

在黄土高原的陕北，水源是村子的命脉，有水源后才出现人家，形成一个又一个的村落。距家乡三十多里路大山深处流出的泉水，一路磕磕碰碰，拣拾了不少村子，引着小路走过家乡。于是，小河渐渐形成一绺宽宽的银绸，缠绕在山谷间。山沟宽了许多，家乡人开始改口把沟叫作川。川阔山远，土地肥沃，家乡人旺旺地生活着。阳湾里的村落越长越大，那条小路也变粗了许多，把村子和县城联系在一起。

家乡的山一律憨憨地蹲着，像出尽力的老人，显得老气十足。可小河活脱脱地生动，是一个明眉善目、会唱信天游的“灵转”，清澈见底，汩汩流淌。偶有鹅卵石挡道，便激起片片水花，发出“哗哗”的声响，恰似青春女子们切切嘈杂的话语。小河里从前没有鱼儿，后来沟里打坝修水利，放了鱼苗，便把这江南多见的灵物引入了河。大人们说，那是柴鱼，长不大的。那些纤纤的精灵可爱极了，在水里自由自在地游戏，你要逮住它却是困难的。

小河对于孩子们来说，永远是读不尽的故事，还时时翻出新内容。逮鱼、捉鳖、抓青蛙成为孩子们的常课。似乎小河就是摇篮，摇着孩子们成长。村里的大人们整天忙忙碌碌地种地打粮，自然是想不到这些的。只有到盛夏，收割完山里的麦子，身子油腻腻、痒滋滋的时候，他们才想起该到小河里洗回澡了。

大自然对家乡人宽坦胸襟，显示出无限的厚爱。村子前河湾供人们洗澡的石槽子，也让人们啧啧称叹不绝。槽底一律蓝瓦瓦的石板，两边刀切般整齐；明净的水流绫缎一般铺进石槽，纤毫毕现。

中午的石槽子是男人们的世界。烈日当头，水早已温温的。在山洼里受一上午苦的男人们，荷着锄、肩着犁来了，脱得精光光地躺在水中，坦坦荡荡地接受河水的撩拨，静静地享受水儿的脉脉温情。此刻，男人的世界里没有嘈杂、喧闹，没有那吼破山洼洼的拦羊嗓子回牛声。“可美了，城里的澡堂子不过如此！”“城里澡堂子多少人挤在一起，水都泡臭了！”他们奇怪地想到这些，又奇怪地在心里暗笑了。男人们在大山里所迸发出的那股生命的激情全没有了，那让太阳雕琢出和大山相同的体肤完全放松了。他们不再想什么，不需想什么，只让那柔柔的水从心头流过，洗绝自己的那些俗尘杂念。而此刻的太阳金子般地耀眼，天空瓦蓝如海，田野里绿油油的庄稼发出生命的欢悦……

造物主诗意地安排，把阳刚与阴柔巧妙地设计在同一天地里。女人们属阴柔，她们的世界属于夜晚。傍晚，月亮从前面山垭里升起来，皎皎的，带着无限柔情。晚归的羊儿、牛儿的叫声撒了一村路，村里的年轻女子、小媳妇就出动了，喊着，应着，朝村前走去。不用问，这是到前河湾洗澡去，这一传统在村里已是约定俗成的规矩。因此，在前河湾里干活的男人们自觉地回避开石槽子……

河湾里荡起一股氤氲的雾气，把月光滤得似梦非梦般朦胧，溶溶地泻于石槽里。女子们嬉戏着，吵闹着，麻雀似的欢笑声一直传到村子里。有时，仙音一样的信天游也会飘进村子，引逗得多少后生们痴痴地想个半夜。

上河里的鸭子下河里的鹅，

一对对毛眼眼望哥哥。

煮了那个豆豆下了那个米，

大路上搂柴照一照你……

说真的，大山把过多的灵气给了女人，女人们一个个水灵，宛若背洼洼里的山丹丹花。

县城里有个年轻书生，一天傍晚路过村子，听见河湾里有女儿们的声音，就大胆地立在山峁上看。只见朦胧的月色下，女子们个个身体丰腴，肤色雪白，风姿绰约，好似天国里飞来的美神。他就动情地喊：“是洛神吗？”村里一个念过高中的女子答：“是洛神也不嫁给你！”女子们一哄而起，闹着赶走了那后生。但他心痴意迷，发誓要找个村里的。后来，他终于娶走了那个念过高中的女子，为乡里所传颂。婚后，他们夫妻恩恩爱爱，生活美满。

小河清清，涤荡着山里人的性灵。家乡人纯洁无瑕，恰似小河一尘不染。家乡人创造着遥远的童话，也把我童年的记忆陶冶得那么神奇，那么明净！

河畔行

家乡延川盛产红枣。枣儿红了的时候，我赶往黄河畔上采访。

车出延川城，向南折进一深谷中，行二十多里路，便气喘吁吁地爬起盘山公路来。等到达山梁，极目四望，群山相连，绵绵延延，黄土波浪一起一伏，一直涌到天和地相接处，好一派黄土高原的气势啊！车如泛舟，荡于成熟和喜悦的黄海之上，山风掠面，空气清新，无限惬意。不过多时，汽车便如泥丸般直跌进深谷。原来，南面的山势倾斜，若洪水泛滥夺路而逃状，把车子勾引得滚进涧中。回首后山，一巨人兀立，傲视群小。再往前走，狭窄的山唇间盘踞着一个村子，上前打探，原来是——

张家河村

看一溜儿建筑，便知道是个有千把人的村子，是镇政府所在地，镇政府的肠肠肚肚这里全有。

去时正逢集市，线儿一般的街道上行人摩肩接踵、熙熙攘攘。领导集市新潮流的衣服们把小镇子搅得五彩斑斓，红红火火。操着软软吴语的温州人也钻到这里，开着裁缝铺、理发店，树起

"温州裁缝""温州理发"旗幌，忙碌地招徕生意。路旁小饭铺里正歇斯底里地吼出"我家住在黄土高坡，大风从坡上刮过……"的摇滚歌曲，引得老汉们、小孩子们探进头去，仔细地听半天，然后笑呵呵地走开。

公路边一溜儿停了许多载重汽车，上面拉的全是明晶晶的河畔沙，司机们逛集去了，那些到县城去逛城、做生意的汉子和女人们早已爬进车内，嘻嘻哈哈地说笑。这里不通公共汽车，想不到沙车竟有大用场。

古老与现代、热烈与沉着交融在一起，人们倒没有我那份多余的担心，总害怕大山什么时候会合起来。来之前听说张家河有个蜜枣厂，正办得红火，省报上介绍蜜枣已畅销南方各省，打进了香港市场。应我的要求，镇里文书把我带进厂子里参观。接待我们的是技术员，厂里从浙江高薪聘请的。

他操着一口软绵的普通话，介绍起蜜枣的加工过程。秋后在枣儿圆鼓鼓泛白时摘下，洗净，用针刺破，倒进白砂糖锅里煮好，再经过烘房烤干，打袋包装，运输外销。经过这番炮制做成的蜜枣糖蜜般钻心甜，合了南方人的口味。

我们进入明净的厂房时，一种复合的香味扑鼻而来，沁人心脾，令人神魂飘悠。十几个水灵气秀的女子正在划枣，拿一排细细的银针，用灵巧的手儿仔细地划过每一颗滚圆的枣儿。看着她们，我想女子们的心定跟枣儿一样甜……

参观时，我问浙江师傅："你到山沟沟里习惯不？"年轻人一笑，风趣地说："枣香把我醉在这里了！"哦，怪不得南方人那么喜欢蜜枣，原来它们集天地之灵气，融山川之醇醪，又经过现代文明的熏陶，不甜，那才叫怪呢！

我又漫步于窄窄的街道里，看见小街红红火火的样子，竟疑心自己也醉了！

第二天，我又动身到南边的一些村子采访。车子七突八拐，宛若于大山的肠肚里旅行一般。窄窄的山沟里，那淤成的坝地上，漫了一地金黄色的花生秧子；威武气派的玉米棵子，谷子、糜子等一些秋庄稼，刻意地打扮着瘦瘠的山谷，点缀出无限惬意的色彩，呈现一片丰收的景象。车子每绕过一个山头，便会现出几个隐在山褶子里的村庄。车行半小时，我便赶到枣乡——

庄头村

庄头村不大，聚在大山的阳湾湾里，显得很精致；又让密密匝匝的枣林笼住，远远望去，俨然是一块飘落在黄土地里的仙云。

枣儿红了，玛瑙般敦敦圆圆的枣儿满满地挂了一树又一树，散发出诱人的清香，撩得人耐不住性子想随手抓几颗啖入嘴里。枣叶也黄了，金黄金黄的，弥漫了整个村子。枣林里土窑、石窑错落，灰扑扑的新石窑脑畔上还架着电视天线呢。去时正是晌午，各家庭院里炊烟袅袅，鸡鸣狗吠声中夹杂着高一声低一声的时髦歌曲，别有一番情趣。整个村子沉浸于安适、恬静的氛围中，就是大山水诗人陶渊明老先生到此，也会乐而忘返，忘却了他入梦的桃花源。

枣林的小径里悠悠地踱出一女子，我竟以为她是从画里走出来的。

她把我们引回了家，从院子里采回一蒲篮新鲜的枣儿。枣儿圆滚滚，瓷瓷实实，咬一口顿觉满口清凉、香甜，魂儿也悠悠起来，我们连连叫绝。她说不好，不好，如果一大早赶露水还没有化去，那时的枣儿可叫好吃呢！光闻味儿就满口生津了，牙一碰枣儿就脆开了，甜丝丝地钻心。

我忙问："这叫什么枣？"

"跌牙枣，也叫狗头枣。"

"哦！"我们惊呆了，真是有眼不识灵物，怪不得枣儿这么脆甜呢！

女子被我的举动逗笑了，嗤嗤地笑着说："这有什么大惊小怪，满庄子都是呀！"

说来这狗头枣还有个典故呢。河畔上产枣的地方那么多，唯有这枣儿叫得出名。天将灵气假给这个其貌不扬的村子，于是，这里的水土所孕育出的枣儿，其形拙似狗头，敦敦实实，可打骨子里甜，吃起来"跌牙"，且唯有此地的枣儿核小肉厚，挪出村子则没有其特征了。然而，道路不便，传之不远。前几年县里给村子修了公路，组织外销，狗头枣的名声才越扬越远。1982 年，朝鲜民主主义人民共和国主席金日成访问陕西，省里有关部门送去狗头枣品尝，金日成尝后赞不绝口："好，好！"并带三百棵枣苗子回去……这一佳话在当地传了很长时间，成了妇孺皆晓的佳话。一下子，狗头枣走俏了，村里人的腰包也鼓起来了。

女子的父母都到镇里去了。她把敦实的枣木家具擦得油光铿亮，把炕收拾得干净利落，便开始做饭了。等她把香喷喷的面条端上来时，我们的肚里早已装满了枣儿，牙儿也酸酸地发涩。

歇过晌午，她又摘一蒲篮枣儿，让我们把口袋装得鼓鼓囊囊。

临走时，我才得知她高中毕业，叫巧灵，有一个动听的名字。

车子带着枣儿的馨香，跌跌荡荡地倾到黄河边，这里有个黄河古渡——

延水关村

急湍的黄河到这里缓住了步子，于是这里形成一个村落，散漫地在北边的河岸上撒了一畔，而不像其他村子紧紧地抱成一团。黄河土色般，宛若一块厚重的土地徐缓地向前游动，流向遥远的大海。两岸的山几乎齐棱棱的，辽阔、空旷的河谷发出轰轰轰轰的声响。延水关人枕着黄河的涛声，在这里安然地居住了几百年。

我们来到古渡口，一坎齐棱棱的石崖下浅水湾子里，歪歪斜斜地泡几只木船和新柴油船，木船的橹愣头愣脑的，粗拙而有力，睹物如见人；柴油船精巧、灵便，颇有些现代色彩。

石崖下溜出个后生，二十三四的样子，白生生的面，白生生的牙齿，长得很精干。他问我们："是过河吗？"

我问他是船工吗，他说是。等弄清我们的来意后，他便极力相劝了："我这机动船，是刚从山东买回来的，花了两千多块。你们城里人赶到黄河旅游，不到河里逛逛那才可惜。再说船票也不贵，一人两块钱，我保证让你们要得高兴。大老远的，来一次不容易。”瞧他嘴舌伶俐的样子，真像城里那些狡黠的生意人。

我们经不住他的怂恿，上了船。发动机一开，船儿灵巧地在水上飞起来，真有点乘风破浪的样子，不过似乎又太轻松了，让人想到不是在黄河，而是在北海、西湖或其他什么地方荡舟，也绝体会不到黄河父老们奋力摇橹、勇挽狂澜、气拔山河的气势。十分钟后，我们便稳稳地回到码头。他得了钱，高兴地向我们讲起渡口的历史。史称北有延水关，南有永和关，一叶木舟，几支篙桨，欸乃橹声，构成了千年古渡。北面的牲口、甘草、红枣、食盐、皮货过河畔，转临汾，直到太原府；南岸的布匹、陶瓷等什物到延安，上草地。因此这里曾经驼铃叮当，商旅、掮客络绎不绝，河畔店铺林立，旗幌招展，招徕生意声响遏行云……然而，由于战火、兵燹、政策的原因，木船寂寞地闭置起来，船工们上岸务农。无奈，在河里摇惯了橹的汉子摆务不了庄稼活，怎么也糊不住口，一有年馑还要打发婆姨、娃子讨饭过荒……前些年，河又开了，两岸来往客商多了起来，村里人又摆起木船。木船吱吱地，在浪里不听使唤，摆渡的后生们又买回柴油机船。现在，村里人再也不安分了，或买汽车贩运红枣、洋芋下西安、去太原赚钱；或成天在外面跑，去石家庄、兰州经营生意。如今，电视机、录音机在村里早都不稀罕了，许多人手里拿上手机……

说到起兴处，他告诉我们，报纸上传言发挥黄河水运优势，疏通航道，开辟河口到潼关的航线，据说县里要买只大型渡船，他想正儿八经地当一回水手呢！想不到这白脸后生还胸藏大志呢！

我想起到过河畔的人告诉的一件事——河畔人牙齿十有九黑，是饮用含氟水的缘故，可延水关人的牙齿却玉白，到老也是一口白牙。我问后生这是什么缘故？

后生说，村子里没有井，只吃黄河里水。别看它脏兮兮、浑沌沌的，可极好沉淀，挑一担水，立时一刻就清澄澄，甘甜甘甜的。老人们说，人吃五谷才能壮，咱吃这汇注百川的河水，怎能生不出玉口口？……

蓦然间，我明白了，黄河水养育了河畔人，给他们纯真、豪放的性格，给他们强劲的生命力，给他们灵性，给他们创造新生活的胆魄啊！

站在河畔上，我目送着那一块块徐缓南下的厚重土地，倾听着河谷里轰轰轰轰的声音，倾听它永远讲述不完的流动的故事。心想，什么时候再能来这神奇的土地上呢？

到黄河漂流去

第一次知道“漂流黄河”好像是20世纪80年代中期。当时一群血气方刚的青年为了不让外国人捷足先登，在准备不足的情况下，用非常简陋的设备开始了漂流之旅。当然，有七名勇士也为那“争口气”的漂流事业付出了生命的代价……

我那时也是位热血青年，脑子里储藏了许多政治的与民族的情结，自然也把此件事看得很重，曾为那些素不相识的大哥们叫过好、流过泪。现在回过头来再想那件事，觉得从追求刺激、挑战生命的角度来理解问题，也不妨是一种思路。当然，若能在市场经济如火如荼的今天，把“漂流黄河”开发成既能休闲娱乐、又能赚钱的一种旅游产业，那该是一种高明的举动了。

可不，我所想到的，家乡人早已开始实施了。这半年多里，延安满大街都晃动着“天下黄河第一漂——延川一日游”广告的文字与图像，乘坐橡皮筏的游客们正在秦晋峡谷的黄河中勇斗激流，尽情地体验畅游黄河的快乐呢！像河流一样流动的公共汽车，把这种撩逗人激情的信息散布在延安城的各个角落。原来我精明的家乡人不仅打起“漂流黄河”的主意，还谋划着把它经营成一种赚钱的旅游产业了！若能亲身体验那种激情与浪漫相结合的休闲运动的话，那该是一种怎样的乐趣呢？这不，机会来了，“五一”黄金周期间，家乡人邀请我们几位文友过一把“漂流黄河”的瘾。

早晨七点从延安出发，沿210国道驱车一小时，就到了陕北著名的“作家之乡”“红枣之乡”延川县县城；再上从县城到秦晋峡谷著名的古渡口延水关的沙石公路，大约一小时便到了“黄河旅游度假村”。它位于延水关村北，依山傍河，是延川县黄河旅游开发公司新建的集旅游、休闲功能为一体的度假村。当然，它也是这次漂流黄河的出发点。吃了黄河边的地方风味小吃，玩了沙地摩托，接下来便是漂流黄河了。如同游览漓江只是游览从桂林到阳朔之间大约八十三公里的漓江精华一样，我们漂流黄河的路线也挺有讲究：漂流从古渡口延水关到黄河乾坤湾大转弯之间三十八公里左右的黄河水面。

秦晋峡谷中的黄河更多显现其雄性的一面，如它的刚烈、它的咆哮、它的激动，正如著名诗人谷溪所吟叹的那样：

一条巨蟒，

在西北高原的峡谷里穿行——

他怒吼，他狂奔；

用头撞，用牙啃……

最深的爱，挤压出最重的恨！

面对拦路的巉岩、暗礁……

他坚信，大海在他的前方，

高原的重托，牢记心中！

从古到今，中华民族认识黄河、思考黄河，更多是从其雄性与神性的一面去考虑：“君不见黄河之水天上来，奔流到海不复回”“黄河西来决昆仑，咆哮万里触龙门”“源出昆仑衍大流，玉关九转一壶收。”中华民族所理解的黄河是孕育出五千年灿烂而辉煌的华夏文明母亲之河，是给华夏儿女的血脉里融注了一种深刻基因的生命之河，是华夏儿女获得坚毅不屈、勇往直前精神动力的理想之河……

流经延川的黄河却舒缓、平静，河面宽达二百多米，显现出其母性的一面。它还像扭秧歌一样婀娜地扭了五个S形大湾，也扭出了天造地设的乾坤湾；还把两岸的古老村落紧紧地揽在它温柔的怀抱，用甘甜的乳汁哺育着这里的百姓与文化。家乡人打这段极其母亲化黄河的主意，并把它开发出来，按照当下时髦的话语来讲，是思想解放、观念创新的结果。当年宁夏著名作家张贤亮曾放出大话说自己有“出卖荒凉”的本领，许多人嗤之以鼻。可是，经过科学的策划与论证，张贤亮硬是把银川城郊那个荒凉的镇北古堡打造成中国“西部影城”，并把它培育成银川著名的旅游景点。由此看来，世界上的事情只有想不到，没有做不到；不怕做不到，就怕想不到……

好了，就让我们放纵自己的激情，依偎在黄河母亲的怀抱里撒个娇，尽情地嬉戏与玩耍吧！

穿上了橘红色的救生衣，乘坐在拥有汽油动力的彩色橡皮筏上，我们开始了由延水关到乾坤湾之间的黄河漂流之旅。顺便介绍一下，每个橡皮筏限坐十二人，上有年轻的开机器船工，还有专门负责游客安全的安全员，他们均是在黄河边长大的、有一身好水性的“浪里白条”，乘坐这样有良好安全措施的船只，即使游客是个地道的“旱鸭子”，也不用为安全担心。船工把发动机一开，橡皮筏便灵巧地在水面上飞起来。不过似乎有点太轻松了，若不是有秦晋大峡谷的背景，谁也不会想到是在黄河里泛舟，而是在颐和园、北海或者其他什么地方，也绝对体会不到当年的黄河船工们奋力摇橹、勇挽狂澜的气概。

船工先是专门把橡皮筏开到延水关村前的河面上转了两个圈，让我们好好看看这千年古渡的风景。历史上的延水关村一叶木舟、几支篙桨、欸乃橹声，负担起秦晋峡谷的交通。史料记载，春秋时期五霸之一的晋文王重耳的母舅之邦就是陕北。早年，他为了躲避仇家的追杀，从延水关西渡黄河，来到延川、子长一带逃难，一住十二年之久，并娶赤狄女子季隗为妻，结下了“秦晋之好”。如今，子长县的南沟岔还有叫“重耳川”的地方呢！现在，家乡已在延水关建了一座现代化的黄河大桥，使曾经制约两岸交通与经济的天堑变为通途。与以往的建设工地不同的是，当时这里的确没有那种人山人海的场面。

延水关东岸还有一个书写着“红军崖”三个大字的高大峭壁，船工讲那个石崖上曾经发生过一个悲壮的故事。1936 年早春，红军东征回撤时就从延川县境内的延水关、清水关一带过河。红军回撤西岸后，有打掩护的红军战士未来得及撤到北岸，便被敌军包围，他们全部毅然决然地跳到咆哮的黄河中去了……现在许多年轻朋友甚至已经不能理解什么叫“红军”了，但是我们没有理由忘记这个悲壮的故事。

橡皮筏在黄河划下一道优美的弧线后，告别了延水关村。这时的船工来了兴致，开始吼起了那首诞生在秦晋峡谷的陕北民歌《天下黄河九十九道湾》："你晓得天下黄河几十几道湾，几十几道湾上几十几支船？几十几支船上几十几根竿？几十几个艄公把船来搬？……"船工的嗓子有点沙哑，但这并不影响他们情感的传达。陕北民歌本身是民间的艺术、山野的艺术，它属于广场与大众，而不属于庙堂与小众。船工是用发自丹田的生命之气来唱歌，歌声尽管粗糙，但可以击水穿石。

乘坐在橡皮筏上，遥望两岸苍郁、雄浑的群山，可以强烈地感受到大自然的神力。岁月鬼斧神工，硬是把坚硬而厚重的高原齐刷刷地削砍成这般模样。北宋时期的大科学家沈括在知延州期间曾到过延水关一带的黄河边，并在这里发现过一种近似竹类的化石。他在《梦溪笔谈》里把这些东西称为"竹笋"，言"近岁延州永宁关（注：即今日之延水关）大河岸崩，入地数十尺，土下得竹笋一林，凡数百茎，根干相连，悉化为石。适有中人过，亦取数茎去，云欲进呈。延郡素无竹，此入在数十尺土下，不知为何代物。无乃旷古以前，地卑气湿而宜竹邪？"这说明了在远古时代，延水关一带曾经是竹林摇曳、物候宜人的热带、亚热带生态环境。气候的变迁，造就了沧海桑田，也形成了黄河峡谷今天这般模样。

再看看黄河北岸那些冲积地带、破碎的山洼上以及村落里生长着的密密匝匝的枣树吧！五月初的枣树虽然没有开花，但是它们可着劲儿地长，给苍凉的秦晋峡谷增添了鲜亮的绿色。红枣是黄河边的特产，是黄河赐予百姓的精灵。清道光本《延川县志》记载：“红枣各地多有，不如东乡。沿黄河一带百里成林，肉厚核小，与灵宝枣符，成装贩运，资以为食。”到了八月十五中秋节左右，河畔的枣儿红了，黄河边人家的脑畔上、硷畔上、院落里到处都是挂着大红枣儿的枣树，随便抓一把唊入嘴中，真是钻心地甜。延川河畔枣最有名的要数那“狗头枣”了，皮薄肉厚核小，形拙若狗头。经有关部门技术鉴定确认，其内含多种维生素及钙、磷、铁等微量元素，营养丰富，堪称群枣之冠。当然，我们现在去的不是时候。若是金秋时节，漂流的游客可以随时上岸，走进农家的枣园，敞开肚皮尽情地享用造物主赐予的美食。

水依山势，山环水绕。橡皮筏在峡谷中漂荡，游客们也恰似穿行在由石鲁、苗重安等西部画家所举办的“黄河风情画展”的画廊中，尽情地领略黄河、黄土高原以及它们所呈现出的气魄与神韵。天是那样的瓦蓝，云朵是那样的洁白，两岸的群山是那样的铁青，黄河水是那样的浑浊，而游客们的穿着又是那样的鲜亮。在这种空旷而悠远的背景之上，一群漂流者又似乎是在通过久远的时空隧道，从遥远的过去漂向未来，漂向一个既定的目标。游客们还可以根据水形山势的变化，即兴产生众多联想。比如，河东岸的那块“神龟回首”的神奇山石，就引逗起人们的许多遐想，会想这只石龟是怎样步履蹒跚地爬到高山之巅，并且在那里以一种永恒的姿态讲述它的故事。再比如，河西岸的山崖上那块行云流水般神秘的摩崖石刻，也会激起你的无限联想，你会想到是何方得道的仙人，搭着高高的云梯，写下了至今无人解读的“天书”……

我们的漂流活动也有一些小小的意外。由于这时的黄河是在春夏之交的枯水期，有些地方的河床已经很浅了，有点像饱经岁月风霜而瘦骨嶙峋的老人，我们似乎可以挽着裤腿走过黄河了。橡皮筏漂不起来，游客们也只能跳进黄河里推船了。说实话，我当时的心情是十分沉重的。黄河这位中华文明的母亲之河，现在竟到了快断流的地步，这不能不令人生出许多的叹息。不过，对于我们凡人来说，站立在黄河中心地带，使着劲儿推船也是一种乐趣。因为我们毕竟是站立在黄河的中央，与母亲之河有一次亲密的接触了！

漂流到了一个叫“宿夜”村的前面，我们便登上了一个叫“鞋岛”的河心小岛小憩。此小岛形状极像一只巨大的鞋子，故称之。也有文人附会说这里就是“关关雎鸠”的“在河之洲”。据船工讲，这个小岛在洪水期间被淹没，在枯水期间又露出水面，神出鬼没。小岛颇有意思，到处是大小不等、磨得光滑溜圆的黄河卵石，记载着黄河赋予的多种信息。登岛拣石，在反复的选择后，拣拾一块中意的黄河卵石，可回去放到书架上仔细玩味。大大小小的黄河卵石中间，还有细如白面般柔软的黄河细沙。把双脚埋到细沙中进行足疗，也是一种惬意之事！

一个多小时后，我们便到了黄河著名的大转弯——乾坤湾。陕北流传这样一句俗语：“天下黄河九十九道湾，最美要数乾坤湾。”乾坤湾位于延川县土岗乡伏义河畔，是个呈现着优美“S”

形的大湾，恰似《周易》中的阴阳太极图。《周易·系辞下》记载:“古者包牺氏（注：即伏羲氏）之王天下也，仰则观象于天，俯则观法于地，观鸟兽之文与地之宜，近取诸身，远取诸物，于是始作八卦，以通神德之明，以类万物之情……”当地民间传说中华民族始祖之一的伏羲氏“以物取象”而推演八卦的地方就是这个黄河大转弯，因其形似阴阳乾坤之状，故称“乾坤湾”。伏义河畔圣迹多，民间还传说延川县伏义河畔还有许多与伏羲氏传说有关的地名。如伏寺是后人所建的伏羲寺庙，雷家岔就是古雷泽之地，大、小程村和槐卜圪崂村是古之成纪之地，碾畔村象征古之青龙即木德之帝伏羲氏，会峰寨是伏羲独卧之地，鞋岛是伏羲留下的脚印，……关于这些地名的传说，姑妄听之。伏羲毕竟是传说中的人物，要找到他在黄河大转弯处推演阴阳八卦的考古学证据是不现实的。不过，氤氲着远古神秘气息的黄河乾坤湾，的确勾起了我们对于黄河远古文明的无限遐思……

不知不觉之时，我们便到了此次黄河漂流的终点，在乾坤湾下的伏义河村下船，再坐上汽车，沿着飘带一般的山间公路盘旋着升到了黄河畔的小程村前的圣览山。四月初，我从延安乘飞机到北京，曾鸟瞰乾坤湾的模样。从飞机上看到的黄土高原，仿佛是一片被岁月长期啃噬的老桑叶，山梁沟壑等纹理毕现；而黄河像一条不断抖动的黄丝带，穿行在高原峡谷中。从高空中俯瞰乾坤湾，它的S形大湾格外优美与舒展。我的感觉，这简直是大自然神奇功力所创造的奇迹，使得山抱水、水依山而形成了这样一个气势宏大的“阴阳八卦图”。现在，站在圣览山观景台上，乾坤大转弯的雄姿尽收眼底。乾坤湾好比一卷打开的古老画页，而黄河恰似一只巨大的激情之笔，用它的生命历程记录着古老的黄河文明密码，供人们解读与沉思。读不尽的黄河风流，说不完的黄河文明，我怎能不对乾坤湾肃然起敬呢！

小程村是我们此次漂流黄河后吃饭、休息的地方。这个村子不大，背靠高山，面临黄河，整个村落笼罩在密密的枣林中。一方水土养一方人，没有开发黄河旅游之前，村子不通公路，自然环境的封闭，使百姓们枕着黄河涛声，厮守着平和宁静的日子。妇女们个个都能铰一手好窗花，做一手好针线，男人们大都会唱民歌、闹秧歌。平日里，他们“日出而作，日落而息”；闲暇时，村民便自发地组织起来闹红火，自娱自乐，因此成了延川县人民政府命名的“民间艺术村”。随着延川黄河旅游的升温，小程村的群众给游客提供地道的农家饭，出售剪纸、鞋垫之类的手工艺品，还给游客进行民俗表演，挣一份心安理得的辛苦钱。久而久之，小程村的名字也就远近闻名了。

作为黄河漂流活动的最后一个环节，我们还被邀请到碾畔“黄河民俗博物馆”参观。碾畔村离小程村不远，几里路的样子，它占据着另一个山头，同样也背靠大山，面临黄河。从村子塬畔向下望去，小山村仿佛是考古工作者切开的古迹剖面，由下及上，参差错落，干净利落。据介绍，文物专家在这个小山村里发掘到了人类旧石器时代的文物。也就是说，自从有华夏文明以来，这里一直有黄河儿女繁衍、生息。文化专家判定它为黄河流域农耕民族“最具有黄河原生态文化特征的村落”，建议加以保护。这些年碾畔村的人因为卖枣致富，绝大部分人家都另辟新址建了新家，这也正好给保护工程提供了方便。在中央美术学院教授、我国著名画家靳之林等人多方奔走之下，美国福特文化基金会提供30万元的保护资金，延川县人民政府也配套相应的资金。我们去时，负责基金项目的延川“布堆画”画家冯山云和摄影家黑建国两人正在这里指导工作。他们介绍，现在世界各国的民俗馆大都是建在发达的城市当中，而这个“黄河民俗博物馆”却是一个依据自然特点而整体保护的“原生态村落”。这个“民俗博物馆”的展室便是村民们的古旧石窑，管理者也就是“面朝黄土背朝天”的农民们。村民们根据自家的特点，自己搞“展室”，自我经营，自我管理。当然，基金项目组根据他们的保护程度，发放一定的补助资金。他们介绍，这也是我国第一个在原生态环境中由农民自我经营与保护的民俗博物馆。

听了他们的介绍后，我们迫不及待地走进这个原生态博物馆里，欣赏组织起来的村民们精心设计与经营的“黄河民俗展室”，但见河畔人日常使用的生产工具、运输工具、家居生活用品等有序地摆放在各自的“展室”里。看到这些记载着岁月沧桑的农家用品，我心中生出无限感慨：黄河畔这个破旧的古村落和这里的民俗生活用品，在以前是人们所弃之犹恐不及的东西。可是在全球化的经济时代里，越是民族的才越有可能是世界的，在文化人精心的挖掘与整理中，这个原生态村落的文化价值才显现出来，成为今天人们所珍爱的对象……我们应该记住靳之林教授，记住他为传播延川的黄河民俗文化所做出的贡献；我们也应该记住像冯山云、黑建国这些仍在坚持守护这块厚土的家乡文化人。当然，我们也不应该忘记家乡的父母官、百姓们为延川经济振兴、文化发展所付出的努力……

夕阳西下时分，挂在西方天空的太阳像一个火球，燃烧着最后的激情。山塬沉浸在夕阳那橘红色的余晖中，秦晋峡谷中的黄河河面跳动着细细的碎金。本来，我们还应该去黄河古渡清水关、黄河奇寨会峰寨等河畔名胜之地参观，由于时间关系只能等到下一次。留点悬念也好，它能时时唤起你对这些名胜的向往之情。踏上归程的我，在这充满诗意的平和中盘点自己一天的游程，我觉得漂流黄河既是一次放松身体的休闲之旅，也是一次领略黄河文明的体验之旅……

永远的萝卜花

1985年的秋天，还是乡下少年的我跌跌撞撞地闯进京城求学。当一个全新的世界出现在面前的时候，我竟变得手足无措了。开始，我几乎每个星期天都要走上街，跻身于那热烈、繁华的城市人流中，寻找着属于自己的新感觉。可以说，那时我对京都风情的新奇程度并不亚于现在追星族们。冬天到了，母亲从遥远的乡下寄来了对襟棉袄，我感到有些拿不出手，就悄悄地将棉袄压到箱底。约了位同学，利用课余时间穿梭在京都闹市，出入于各大商场，选购着可以表现自己个性的过冬衣服。当然，这项工作一连进行了好多天。看看街道上那些穿戴入时、行色匆匆的人们把冬日点缀得那般火爆，相形之下我的情绪竟莫名其妙。

记得那个星期天，阳光稀薄，天气很冷。中午时分，我来到前门外的天桥大街上，准备进行最后一次的购衣工作。就在这时，我发现了一个奇迹——拥挤不堪的人行道旁，一位羸弱的老人正坐在老式藤椅上，眯着眼睛享受着自高天而泻的稀疏阳光，那布满老年斑的蜡黄色脸庞上浮着一种温和的惬意。我更注意到老人身旁花架上摆放的几只罐头瓶。在这些朴素得不能再朴素的器皿里，用清水栽着几只蒜头和一个白萝卜头。蒜头长出的嫩芽已蹿了很高，青翠浓绿，郁郁葱葱；而那个白萝卜头顶出的枝条上开着一小簇嫩黄色的小花，仿佛家乡的野百合，幽香淡远，朴素而清新。因为缺少阳光的正常照射，它们显得有些单薄。这些小小的静物，正是以它的素雅清新而闯入我的眼帘的，让我捕捉到那些人们容易忽视的细节。

在家乡，我儿时的冬天，母亲总要因陋就简地在小瓮边吊几只用白萝卜头剜成的小盆，在里面用井水养些葱头、蒜瓣。等它们长高了，割上一茬又一茬，然后炒到菜里，用这一点可怜的绿意调剂着单调的饭食，苦苦支撑着对来年的憧憬。我和弟妹们扮演的是浇水的角色，每天放学回来，总要趴在水瓮边上看个够，为葱头上生出一片嫩芽、萝卜头上开出一朵小花而欢呼雀跃。那个年代毕竟过去了，我们的日子走上了正道，可我们似乎又缺少了些什么。

我想，这位有些病态的老人是出来晒太阳的，兴许是由于家里的房屋拥挤，兴许是老人执意要来到马路上，用他饱阅岁月沧桑的目光再一次审视人间风景，殊不知他和他的盆景们已经成为异乡少年眼里的风景。

这时的街道，少年们欢快而活泼，青年们浪漫而幸福，马路上的车辆川流不息，汇成高速流动的河流。来去匆忙的行人似乎不会注意这位老人和身旁的几只简易盆景的存在，他们在忙碌着各自的事儿。可是，仅仅这举首之间无意的一瞥，仅仅是一瞬间的光景，我脑海里却划下深深的印痕。在这繁华、喧嚣的京城中，与那些热烈而活泼的都市气息相比，这些小小的静物，没有招展之气，没有夺目之势，没有华丽之色，只是平平静静地立于一隅，分享着时间与空间。

一时间，我竟怔怔地痴立在人行道上。面对这方简单至极的风景，我感到一种来自生命深处的震撼，仿佛有鼓槌猛烈地敲击着我的心灵。再想，人的生命同这束小小的萝卜花一样，只要自然，同样有美丽的色彩……

回到学校，我穿起了母亲缝制的那件棉衣，开始出入于图书馆和书店了。

乡村，我的乡村

如潮的喧哗流淌不息，这是一个带有脂粉气和暖色调的夏天。我端坐于音乐厅的某个角落，目光平静如水，掠过深红色的典雅帷幕。于是，音乐之声倏然飘来……

哦，世界著名作曲家德沃夏克的交响乐《自新大陆》！

单簧管低缓地吹奏，如泣如诉，缠绵几多，是思乡的情绪。这位白发苍苍的作曲家站立在旅居美国的都市，透过喧嚣的车水马龙和熙熙攘攘，眺望如诗如画的捷克故乡，浑浊的眼睛里荡漾着清凉的泪水，汇成缕缕情思，缭绕在高天白云间。霎然间，谷子、麦子，和父亲沟壑纵横苍老面庞上汗臭的味道一同袭来，充斥着我的每一个毛孔；硕大而沉甸甸的谷穗，压迫我的视线，我的呼吸异常短促。我似乎听到那悠远细微而又亲切的雄浑音乐，反复回响久别多年乡村故园的土音。霎时，心头荡起一种格外清新的感觉，思绪之鸟骤然腾起，扑闪着，射向遥远的北方……

乡村，当初我像避瘟神一样挣扎着逃离生我的故园，此时却又不由自主地飞回来了。久违了，我的乡村，我是一只风筝，无论我如何改头换面的叙述自己的故事，都抖不脱已镌刻进骨子的乡村情愫。在人生的魔圈里走了几十个春夏秋冬，今天沐浴着巨大的音乐之瀑，方才清醒一个也许在许多人看来似乎非常简单的道理：你的生命属于具体的、很实在的乡村，而非你客居的城市。

你是一个山里的孩子，那时家里穷，你为了得到一个掺苞谷面的馒头必须付出真诚导演一场大病的代价，来骗取母亲忧伤的眼泪和父亲焦灼的心情。上学后，趴在冰凉的石桌上在书本中窥见沿着村子那条灰白色的土路走下去便是山外的世界，于是你渴望城市的梦寐常常被夜尿惊醒。十三岁后，你告别了乡村和父亲时常因为年馑而起的哀叹，在母亲遥远的祝福声中去县城读书。面对着油墨清香的课本，你望见一颗孤独的老日头残酷地燎烤着夏天里稀疏的麦子和单薄的农作物，父亲吆喝着牛儿艰难地梳理着一年的收成和日子。眼泪吧嗒吧嗒滚落下来，滋润功课的芬芳和你的决心。你发誓有朝一日叩响城市之门，成为其中的一棵树或者枝头栖息的鸟儿。你以一个乡下孩子的自信和莽撞，辗转在向城市挺进的泥泞小道。你心目中，城市那团圣洁的火焰，照耀着每一个具体的步骤。十八岁那年，终于游过学海，爬上城市的岸头，彻底脱去农家子弟的装束，成为城市里的一棵小树，茁壮成长。你跃出农门的成功，为终日提心吊胆的父母脸上串起了几串微笑，也给平淡的家庭增添出了希望。方圆十里的乡亲们主动找口讷少言的父亲攀谈，并且拣出你的几件往事以此来激励自己的子弟，期望着明天太阳升起的时候，自己的儿女们都进入城市，捧起公家人的金饭碗。当然，这些话对远在城市的人谈来并不觉得怎样，甚至感到厌烦。

这些年来，连你自己也发现自己变了。进入城市后选择城里人的辞藻和用语，掌握了斯文的分寸和悠闲的技巧，包括某些在乡村人看来绝对是假惺惺的手势。你适应了在炎热的酷夏坐在办公室里用清茶和报纸打发日子的清闲，而根本想不到父亲在山洼里抢收小麦时饥渴难耐、唇干舌燥却舍不得喝那小陶罐里的凉水，想不到毒花花的太阳是如何折磨被城里人蔑称为“乡下人”的乡里男人而留下焦黑的印记，想不到清明芒种等这些节令对城市人来说是旅游的好日子之外的意义。你在一些无聊的气息中生存，尽管你很头疼，但你还是得意自己是城里的一棵树，根须像榕树那千万条发达的气根牢牢攫住城市这块泥土，伸展着自己的空间，把日子扎入今天和明天的根深叶茂。

阳光和煦地照耀着城市和乡村，但你走在城市的大道上，和许多城里人一样，圆润的脑袋上游移着狡猾的眼珠，成为城里的风景，让无数农家子弟羡叹不已……

而此刻，我不得不潸然泪下。乡村，请原谅我迟到的彻悟。尽管城市比乡村优越，农家子弟们仍然翘首企盼着拥有一张进入城市的门券，尽管城市化趋势使更多的乡村被城市容纳……但你是乡村人，血管里始终流淌着五谷杂粮的声音。你必须站立在远山里父亲苍老的身影下和在小桥边声嘶力竭呼唤儿子回归的现实，任何的逃避都是犯罪。

我知道庞大的中国社会正是由骄阳下九亿农民的汗水和收获来支撑着的。乡村，沉浸在永不歇息的滋育我的欣喜和忏悔的农业河流中，我还能再说些什么呢？

关于城市与乡村的问答

举目远眺对面楼顶上那朵悠闲的白云，心中有一番感慨是意料中的事儿。我从你很有些投入的眸子里窥见一丝亮晶晶的东西在闪动。第一次看见你的表情竟这么凝重，我说。

说不清楚。你的神情开始向严肃的方向过渡。

是不是和妻子吵架后感物伤情呢，我再一次发问。

不是，这种感觉不属于你们城市人。“浮云游子意，落日故人情。”云是专门为我而设计的。

于是，你声情并茂地开始了你的叙述——

你说，当年你的全部热情便是堂堂正正地做一回城市人。于是，你用汗水换回了城市的入场券和父亲的骄傲。当时序在你的额头上踉过几道印辙之后，你才发现你不属于城市。你搭乘的城市这趟按部就班的无轨电车，在上班与下班、白天与黑夜之间的概念上滑行着，要到生命的终结。你在体味不到分明四季和充实阳光的城市里生活着，愈来愈明了现在渴望农业的心情竟是如此强烈。有时候，你满脑子里飘逸的是谷子、糜子和芬芳的四季。你不知道这是为什么。

我说，站立在城市的一端看农村与站在田埂上远眺城市时的感觉不一样。如果你还在苦苦奋斗那张入场券时，你会觉得上帝这个虚无的家伙对每个人并不是很公平。

你说你对城市很失望，它的妖冶让人感到恐怖，在这里嗅不到乡村的气息，譬如萝卜，譬如小麦。

你说永远不会成为真正意义上的城市人，虽然你每天都像蝉一样蜕着思想的皮。

我说你这是逃避，是一种怯场的表现。农村的意义不仅仅是留恋，还有其落伍的一面。你要改造这块心田，命令它茂盛地生长绿色和希望。

你很复杂地点点头，怔怔地望我。

朋友，走吧。我说，你们需要相互帮助。

走吧，你也说。

我分明听出一种无奈的叹息声从你的喉咙深处滑出。

在南方城市的感觉

云

阳光很好，洒一地温柔的金箔。

走在南方的街道，仿佛蠕动在商业的肠胃里。城市是一个森林般的迷宫，你跟着人们的摩肩接踵，按部就班。

街上有阴影在游动。难道是一片故乡的云，飘到城市的岸头？

这可是家乡的信笺，勾起你温馨的回忆？这可是北方的风帆，引导你疲惫的眼睛？……

你有了落泪的感觉，仿佛你成了城市里的风景。

这一片孤云中，你读出了唐诗的意境。深情望一望北方，你坚定地汇入人流的海洋……

雨

雨丝像无数根纤细的竖琴弦，拨动着你的心结。下雨，是编织故事的好时候。

窗外，斜风打进几缕情歌：“妹妹你坐船头，哥哥我岸上走……”

我在城市边上看风景，你心里说。

妹妹，商业在城市里徜徉恣肆，你心里又补充一句。

北方，是模糊却又清晰的印象。

妹妹，你窈窕的身材，仿佛山间的清风；你眨着睫毛的大眼睛，好像山中的星星；你银铃般的笑声，如同山间清醇的甘醴……

在城市的岸头，你招一招手。

南方的雨天，怀念北方是一种很缠绵的事情。

后记

我是陕北人，我的生命里镌刻着陕北人的文化基因。

这本取名《陕北味 故乡情》的散文随笔集，就是试图在陕北地域文化、民俗文化与红色文化的多重交叠中，寻找属于我自身不断行进与蜕变的生命身影。因此，这本散文集的基调是热烈的，既有我对家乡味道的品味，也有对陕北文化的礼赞，还有对延安红色文化的热爱。

真诚希望读者朋友能跟随我的记述，了解陕北的丰富性与独特性，了解陕北人的生存方式。

厚夫

于延安大学一步斋